U0109865

# 反恐年代中的
## 國際新聞與危機傳播

胡逢瑛、吳非　著

# 序

　　本書內容主要是關注在危機年代中，美俄政府行為與媒體報導之間的互動關係及其趨勢走向。21世紀對於美俄兩大超級軍事強國而言，是一個需與恐怖份子與災難鬥爭的年代。美國在 2001 年「911」事件之後正式進入了反恐時代。1999 年俄羅斯爆發第二次車臣戰爭，相較於第一次車臣戰爭的失敗，普京挾多數民意發動了一場捍衛國家主權與國家安全的戰爭。美俄兩國的反恐行動與軍事打擊改變了媒體的新聞生態。愛國主義似乎壓打了新聞自由，成為這兩大意識型態對立強國新聞人的新任務，這一現象著實讓自由主義者甚為擔憂。

　　據美國大報《華盛頓郵報》網站 2005 年 12 月 26 日一篇題為〈布希向主編強調國家安全〉的一篇報導指出，美國總統布希近日來多次親自接見美國多家大報的主編，目的是為了勸說這些大報主編在報導某些敏感議題時能夠優先以國家安全為考慮，該報導指出《華盛頓郵報》和《紐約時報》的執行主編前往參加了白宮這種少有的特別會議，意味著布希非常重視最近出現了一些有關質疑政府反恐策略的報導。美國總統之所以親自向大報主編面授機宜，被外界認為與《華盛頓郵報》記者達納‧普里斯特採寫的美國中情局黑獄事件以及《紐約時報》記者詹姆斯‧里森和埃裏里克‧利希特不勞披露中情局未經過法院允許的監聽行為有關。不過仍有一

些要求言論自由的人士批評，這兩大報仍與總統達成某種妥協，因而對於美國實施竊聽活動的相關稿件壓著不放。

2005 年中旬以降，美國就因為《名利場》雜誌報導「水門事件」當中關鍵的消息來源者「深喉」的真實身分，而起引社會震撼。「水門事件」的揭露者正是當年《華盛頓郵報》的兩名年輕記者——伍德沃德和伯恩斯坦。「水門事件」是尼克松總統為競選連任總統而對競爭對手競選總部進行竊聽的一樁政治與刑事案件。當年的「水門事件」被記者曝光之後，在美國新聞與政治各界包括記者、其他消息人士、調查人員、參眾院聽證會以及最高法院的介入之下，終究導致於 1974 年 8 月 8 日尼克松總統引咎辭職。

同年的另外一樁政府與記者消息來源之爭的事件就是「特工門」事件。「特工門」事件係布希政治顧問卡爾‧羅夫涉嫌透漏一名尼日爾特工的身份，這一點被《時代》周刊記者馬修‧庫珀於 7 月 16 日在電視媒體中公開證實。同樣在調查「特工門」事件的另一名美國記者，則因保護消息來源而陷囹圄當中。《紐約時報》記者裘蒂絲‧米勒因拒絕透漏她的消息來源，因而被法官以藐視法庭罪名判處 3 個月的監禁。法庭對米勒的監禁判決讓《紐約時報》編輯部及新聞組反應激烈，並認為這是美國新聞自由史上最黑暗的一天。美國全國新聞俱樂部與記者無國界組織均聲稱，對於一名記者恪守職業道德所作出的司法判決，是對世界新聞自由發出了一個危險的信號！

對於俄羅斯而言，車臣問題是國家安全問題的最大障礙。普京於 2000 年當選總統之後，把解決車臣問題與愛國

主義捆綁在一起，從這個角度出發來看，普京對媒體管理的中心思想就是絕對的愛國主義，這一道禁區界線不論是國家政府的官方媒體或是私有商業的民營媒體都不能任意跨過的。況且就目前俄羅斯的媒體資源結構分配而言，普京政府對於廣播電視所需的發射塔與頻波等資源，以及印刷媒體所需的新聞紙和印刷廠等資源都有嚴格的政策限制，因此民營媒體基本上已經在先天上失去了發展的前提條件。2004年9月1日，在俄羅斯別斯蘭爆發了舉世震驚的人質事件。2004年9月24日，普京在莫斯科全球通訊社大會開幕會上發表演說，表達了對新聞自由的看法。普京認為，在全球恐怖主義威脅的情況下，媒體不應該只是旁觀者，我們不能漠視恐怖分子利用媒體與民主加強心理與資訊壓力的詭計。

對於俄羅斯的別斯蘭事件，俄羅斯媒體工會還緊急在9月1日發表聲明，希望媒體能夠遵守兩年前媒體聯合簽署的反恐公約，並重申「在發生極端事件時，救人與保護生命的人權要先於任何其他權利與言論自由」。無獨有偶，當天俄羅斯三家中央聯邦級電視台第一電視台、俄羅斯國家電視台和獨立電視台全部低調報導這一事件。其中獨立電視台當日也取消一檔由索羅維耶夫主持的「接近屏障」脫口秀節目，節目原本要討論北奧塞梯恐怖事件，開播前好幾位受邀訪談的來賓都在攝影棚內到齊了，但臨近拍攝時，主持人突然接獲電視台主管指示，公開說明根據節目製作人列文與總經理庫李斯堅科的要求，決定取消節目的錄製工作。第一電視臺消息新聞欄目的資訊部門副總經理列文科認為，俄羅斯媒體應當承擔起保護國家電視台名譽的義務，俄羅斯現在正在處

於非常時期，如果電視台要確定一些消息來源，媒體此時還要向反恐怖總部確定一些有爭議性的消息，如：人質的人數、恐怖分子的實質要求，俄羅斯媒體此時的要求是否恰當，是否會影響解決人質問題的進程，媒體與政府還沒有經驗，不過處理危機的官員應該要主動向記者公布確切的消息，這樣記者就不會在危機事件中憑空揣測。對於外界認為俄媒體受到政權的壓力，他認為，他自己沒有感覺有來自政權的壓力，只感覺媒體人要自律的堅持，但媒體如何自律及自律的程度是不好掌握的。

對於俄羅斯別斯蘭這一緊急突發事件，俄羅斯總統普京、媒體工會和電視台之間已經建立一套可以執行的危機新聞報導理論。電視媒體在這次危機事件中的報導原則，基本上與政府所希望的低調處理保持一致。這與原蘇聯時代黨與政府直接以行政命令控制媒體不同的是反應在媒體執行中央政策的效率上，例如：普京直接認命專業媒體人杜博羅杰耶夫擔任全俄羅斯國家電視廣播公司集團的總裁，直接與總統保持溝通。無獨有偶，俄媒體工會的領導階層的成員也經常接受普京總統的召見，這種媒體與執政者的直接溝通模式，強化了俄羅斯媒體在執行總統意願和維護國家利益方面達到非常高的效率。這種媒體高層與總統直接溝通模式，可以反應在別斯蘭事件中，三家聯邦中央級電視台低調處理新聞的態度上。

21 世紀的俄羅斯媒體正式從寡頭媒體的商業化時代進入了中央聯邦級媒體的國家化時代，國家政府派媒體戰勝了自由民主派媒體，成為21世紀初期俄羅斯媒體的主流。俄羅斯

主要的電視媒體的新聞政策與幾家大報的新聞政策必須不能有損俄羅斯的國家利益，普京的對外政策與反恐政策也必須由媒體來護航宣傳。相同地，美國在布什單邊主義的推動之下，新聞自由也亮起了紅燈，國家安全問題成為布什政府與美國主流媒體必須相互妥協的主要議題。

　　本書內容主題多與國際新聞時事結合，兩位作者試圖從各種紛亂的國際新聞事件中，總結歸納出一些新聞運行規律，不過仍有待各界朋友的批評指教。此次本書得以順利出版面市，作者要感謝的人很多，首先是香港《大公報》主編王椰林先生，承蒙王主編的信任與賞識，為兩位作者開闢了「傳媒睇傳媒」專欄，使作者有一個公共平台可與各界專家和朋友進行交流；同時還要感謝香港城市大學李金銓教授邀請兩位作者參訪城大一個月，討論俄羅斯與中國傳媒發展等問題，使作者有拓展視角的機會；在此也要感謝上海東方衛視陳梁台長對台灣與上海傳媒互動研究的支持；另外，作者也要感謝廣州暨南大學新聞與傳播學院院長蔡銘澤教授與副院長劉家林教授的鼓勵與支持；最後，兩位作者要感謝秀威出版社的「拼命三郎」執行主編李坤城先生，在合作期間坤城兄的專業精神以及給予作者的摯誠友誼，是作者畢生難以忘記的！

# 目　次

上　編

# 國際關係與新聞傳播

# 一　新聞觀與國家利益碰撞

中國「入世」之後，關於傳媒產業的雙重屬性問題的爭論一直沒有停止過。在市場經濟的體系中，傳媒業被世界貿易組織定位為一種產業，然而，傳媒業如何保留意識形態的完整性服務，仍是中國政府最為關切的核心問題。對於新聞價值思想觀的不同的認識與多元化的理解，在中國「入世」之後就被凸顯出來，這也是媒體與政府雙方潛意識當中最為敏感的部分。

對此，筆者曾多次聽過童兵教授的演講。他認為如果能再次理解「新聞價值」、「新聞價值觀」、「新聞的價值」三大問題，應該有利於新聞工作者、新聞學習者、或是新聞研究者再次思考中國新聞價值思想的定位問題。此外，李良榮教授也根據媒體的雙重特點而提出過媒體「雙軌制」的觀點。作為事業單位，傳媒產業所有權屬於黨政機關，是接受上級領導的準行政單位；作為企業，傳媒必須依法納稅，自負盈虧。童兵教授同時認為，事業指的是一種公共事業，所以，政府必須對公共事業提供資金上的扶持；但是媒體又必須成為一種有經濟效益的資本產業。因此，許多媒體對於這種雙重屬性叫苦連天。中國政府堅持這種雙軌體制應當是一種轉型期的過渡。例如，前蘇聯媒體在西方資本進入之後，意識形態的問題首先被西方國家佔領，這使得像是俄羅斯政府在上世紀九十年代，一直受到商業媒體的牽制，而處於被

動地位。因此，中國政府是否信任媒體自行能夠拿捏新聞價值與國家利益的關聯性是核心問題。

## 新聞價值維持各方關係

　　童兵教授在許多演講中都特別強調，新聞價值思想觀對中國「入世」之後在媒體全球化這個大的戰略環境之下的重要性。他首先提出「新聞價值」的問題。何謂「新聞價值」呢？西方新聞界很早就提出了事件的「時間性」、「接近性」、「顯要性」、「重要性」和「人情味」作為構成「新聞價值」的五個組成要素。到目前為止，中國新聞學術界對「新聞價值」的概念還有很多爭論。這些爭論基本上可以歸納為兩類：一種看法認為，「新聞價值」是選擇與衡量新聞的標準；另一種看法則持相反論點認為，「新聞價值」只是事實內部含有的使其能形成新聞的因素。前者指的是主觀的尺度；後者指的是一種客觀存在的東西。那麼，哪一種較為符合「新聞價值」的本質呢？

　　誠然，記者和讀者是決定「新聞價值」的兩個重要角色。記者首先面對事實，因此記者首先要根據自己對事實的不同評價，去選擇和衡量事實，然後將它們寫成新聞。然而，讀者面對的是新聞，讀者會根據自己的興趣和需求，去選擇和評述記者的報導。童兵教授認為，往往由於不同的政黨、階級、地域、時代，以及不同的報刊和記者，使得衡量「新聞價值」的標準變得難以捉摸。所以，童兵教授不同意把「新聞價值」解釋為記者衡量新聞的標準，比較傾向於把「新聞

價值」看作事實內含「客觀存在」的因素及這些因素多寡的程度。

據此，新聞是記者和讀者之間聯繫與溝通的橋樑。因此，新聞正在發揮著影響讀者看待世界的思維和視角。不過，由於相同的事件可能有不同的報導角度，讀者仍有機會結合自身的切身處境，將他們認為事實內部組成因素的程度反饋給新聞報導者，去影響記者衡量與選擇事實本身的程度或標準。因此，中國媒體在定義主流媒體時，一定是以讀者的角度為出發點，讀者真正接受的媒體才是未來能夠生存的媒體。「新聞價值」一般會被看作是維持讀者、記者與政府關係的紐帶。

## 新聞價值觀源於主觀意識

人們對於「新聞價值」的認識已經不是客觀的，而是主觀上的「意識形態」的產物。因此，事實客觀存在構成的「新聞價值」，必須與「主觀存在」的「意識形態」區分開來。所以，童兵定義「新聞價值觀」是：人們確認新聞事實、判斷該事實含有新聞信息量的尺度，它表明了人們認識新聞事實的過程和結果。童兵教授進一步說到了提出「新聞價值觀」的理由。作為新聞因素，資產階級提出構成「新聞價值」的五大要素，這對於無產階級的新聞事業有絕對參考和借鑑的價值和意義。但是，在「新聞價值觀」上，資產階級和無產階級畢竟有意識形態和政治制度上的區隔。美蘇冷戰可以視為意識形態影響新聞操作最為明顯的時期。

　　筆者也發現，隨著當前中西政治制度與經濟體制逐步交融與發展的結果，中國新聞界對於西方資產階級中強調的「新聞價值」已經融入到「新聞價值觀」裡面去。不過，這種中西「新聞價值觀」的碰撞也影響到「新聞價值」取向的碰撞。尤其是國際新聞的報導，經常由於國家之間利益的不同，一種主觀性的「新聞價值觀」便會凌駕在客觀的「新聞價值」之上。因此，國際新聞的主觀性經常反映國內政治的需求。比如，各國新聞報導對布什單邊主義推動的反彈，此時，已經反映「新聞價值觀」的重要性已經超過了「新聞價值」本身，這是意識形態運作的結果。所以，童兵教授提出「新聞價值觀」與「新聞價值」的區隔性，是有益於正確新聞視聽方向的！

## 新聞價值來自讀者認同

　　不過，對於有些人試圖用價值學說來理解「新聞價值」，亦即認為新聞是通過交換價值得以實現的，所以「新聞價值」是只有寫成的新聞才具備，也就是不被報導的事實是沒有新聞價值的。童兵教授並不同意這種簡單的價值交換說。因為，「新聞價值」是事實客觀內部含有的因素，不管事實是否被記者報導，都不能否認事實客觀的存在。所以，根據此一觀點，「新聞價值觀」可以影響記者主觀上如何看待「新聞價值」的角度。不論是「新聞價值」還是「新聞價值觀」，都體現了記者與事實之間的關係。

　　因此，童兵教授最後提出「新聞的價值」的觀點。「新聞的價值」指的是社會大眾的反響程度。作為新聞工作者，是不能任意去提高「新聞價值」的內部客觀因素，但是可以通過自身專業能力的提升，去挖掘含有各種「新聞價值」的事實呈現給讀者，「新聞價值觀」的主觀認定，也必須隨著時代潮流的嬗變，與時俱進，進而增進新聞在讀者心目中的含金量，爭取讀者的認同，唯有讀者認同的新聞才具有「新聞的價值」。

　　（本文於 2005 年 1 月 3 日刊登於《大公報》評論版）

# 二 中俄軍演有利俄再崛起

2005 年 8 月 18 日，代號為「和平使命 2005」的中俄軍事演習在中國的黃海地區開始展開。對此很多美國學者認為這是中國和俄羅斯進入實質性的交往階段，甚至有可能這是兩國間正式進入聯盟階段的初級階段。事實上在這次軍演過程當中，俄羅斯的獨立電視台、第一電視台、《獨立報》等媒體，都在電視新聞和評論員文章中表達出同樣的看法，那就是這次軍演是俄羅斯向國外銷售武器方法改變的實質性步驟。如果俄羅斯部分媒體的看法是正確的，那為何俄羅斯要改變銷售武器的方法呢？俄羅斯作為一個大國，其軍事戰略的每一步驟都應該是有前瞻性的，那俄羅斯這次改變的前瞻性又在哪呢？

## 軍演加速俄軍工業發展

8 月 23 日俄羅斯《獨立報》在一篇題為〈目標長遠的演習〉一文中提出，俄羅斯 2006 年國防預算額將增加 1180 億盧布，從而達到 6683 億盧布。俄國防部長伊萬諾夫不久前提出了在今年年底以前，俄政府將會增撥 300 億盧布軍費。這主要用於俄羅斯軍隊最近舉行的一系列大規模軍事演習。在這條消息中，我們非常清晰的看到俄羅斯軍事戰略思維的改變，那就是俄羅斯現在作為一個解體後獨立的國家，對於俄羅斯而言，在東邊已經沒有了戰略敵人，有的只是想

進一步瓦解俄羅斯的西方。俄羅斯軍演的目的就是如果俄羅斯現階段已經與中國簽訂和平協約，那麼俄羅斯在東面領土基本是完全沒有任何敵人，俄羅斯的問題就只停留在西南部的高加索地區、烏克蘭地區、波羅的海三小國地區，而這些問題都和北約有著千絲萬縷的聯繫。如果能借助軍演讓俄羅斯的武器有一個全新的檢驗，並加速俄羅斯軍事工業的發展，那對於俄羅斯再次崛起將會是非常有利的。

俄羅斯現在的問題就出現在軍事工業本身。俄羅斯軍事工業在沒有大量政府採購的情況之下，很多軍工產業都向外出口，比如俄羅斯生產的直升機就很少用於軍隊。這樣俄羅斯軍事工業中的各種弊端都在各個進口國面前展現。首先，俄軍工企業最大的問題就在於把自認為好的產品經常「吹」的神乎其神，而在實質上卻是質量不穩定，比如有些產品的零件會出現這樣那樣的問題。其次俄方會以洩露機密為名，在零件的配備上經常不按合同辦事。對此，俄方有一個非常奇怪的理由就是，如果廠方配給用戶的零件過多的話，用戶將有可能自行製造組裝，所以用戶所需零件的數目通常是由俄軍工企業決定的。這樣用戶購買的設備如果出現問題的話，俄方會鼓勵用戶購買成品，而不是零件。這種飲鴆止渴的做法據說已引起印度的反感。俄軍工廠對外經常說政府預算少，對內則有預算資金分配不均的現象。對於這些軍工企業內部的弊端，在很多時候俄政府是拿軍工企業沒有辦法的。如果俄羅斯政府經常組織一些演習的話，就可以當場檢驗俄羅斯武器的先進性，而且政府還可以節省大量預算，並增加政府的武器訂單，可謂一舉三得。

## 中俄軍演各有目標

這次中俄軍演，可謂是兩國各取所需。首先，因為兩國經濟基礎的實質性完全不同。這主要是俄羅斯是一個資源型的大國，採用出口能源、軍工產品和發展重工業就可以恢復元氣成為一個強國。但中國卻是一個非常複雜的綜合體，中國儘管資源比較豐富，但在石油等方面卻是非常短缺的。最近在廣州出現的成品油短缺就是一個警號，中國南部基本上是以輕工業為主，北方尤其是東北地區才以重工業為主。這樣假設中國與俄羅斯進行結盟的話，中國儘管會獲得俄羅斯的能源，但中國輕工業發展需要來自西方的技術和管理卻將會失去很多。

其次，這次中俄兩國的軍事演習，對俄羅斯而言是武器外交的一部分，而對於中國而言則是中國軍事外交的一部分。對此俄羅斯的中國問題專家、俄羅斯科學院院士米赫耶夫認為，中國和俄羅斯舉行這次軍事演習同中國新的軍事外交理論相吻合，中國在最近兩年內更積極參與地區和國際活動。在這種指導思想下，中國不但更積極地加強同美國的軍事聯繫，同時也加強同俄羅斯的軍事合作。中國在積極推進軍事外交的主要目標是為中國國內的經濟建設創造良好條件。由此我們可以看出，這次軍事演習是中國多元化外交的一部分。

## 發展方向決定經濟政策

列寧在推動新經濟政策之後，斯大林在國家發展方向上

也面臨過選擇：蘇聯是發展重工業還是輕工業？對此，很多俄羅斯學者都有大量的研究，問題的焦點都集中在斯大林是否繼承了列寧的思想？答案主要有兩個，一個是否定的，這樣可以讓斯大林執政期間對蘇聯進行的獨裁統治和列寧進行切割，這樣斯大林獨裁不好的影響就與列寧無關了；另一個答案是肯定的，這個答案也是蘇聯解體之後，部分學者根據解密的檔案而得出的觀點。

筆者認為這兩個觀點都只說對了一部分問題。因為如果我們把列寧的思想進行政治和經濟兩個方面的來看，我們此時就非常清晰的看到：在經濟方面，斯大林並沒有繼承列寧在執政後期所執行的新經濟政策；在政治方面，斯大林只繼承了列寧在戰時共產主義時期的政策，這些政策是有相當的獨裁性質的。當時在 1927 年之後，列寧在新經濟政策的應用上已經取得巨大成功，但當時列寧還沒有建立有關社會主義新經濟政策的理論基礎，這為斯大林日後改變國家發展方向上留下了可能性。

但為什麼斯大林沒有繼承列寧的新經濟政策呢？其中一個最主要的原因就在於，如果蘇聯採用新經濟政策的話，就等於蘇聯要重點發展輕工業和農業，這樣蘇聯就需要大量設備和管理人才，但經過內戰的蘇聯是沒有這樣的設備和人才的，而從西方進口又是不可能及時解決蘇聯內部的經濟問題，倚賴西方會使蘇聯發展太過緩慢。基於這樣的思考方向，只有發展重工業才是蘇聯唯一快速發展強權國家的道路，發達的重工業會使蘇聯成為歐洲的強國。

## 俄可能再發展重工業

斯大林在上世紀三十年代做過這樣的選擇，以後歷任蘇聯領導人也在走同樣的路。葉利欽曾試圖改變經濟發展不平衡的狀態，但最後卻以失敗告終。在普京執政的這一段時間，國際油價飛漲，俄羅斯因石油再次獲得了巨大利潤，這樣俄羅斯獲得了發展重工業的資金。但如果俄羅斯要發展輕工業，則從西方獲得技術和設備還是非常困難的，俄羅斯非常有可能再次回到發展重工業的老路。

有消息指出，在中俄軍演之後，中國非常有可能在今後十年間會購買俄羅斯武器大約 150 億美元。如果消息屬實的話，那麼，加上印度和第三世界國家的軍購在內，俄羅斯在大量武器訂單的情況之下，非常有可能會再次走上軍事重工業發展的老路，屆時美國破解俄羅斯發展的手中王牌就是讓歐盟對中國武器銷售解禁，迫使中國走上武器來源多元化，但這樣的戰略大前提必需是兩岸關係和解、不對立的狀態。

（本文於 2005 年 9 月 7 日刊登於《大公報》評論版）

# 三 中俄石油與媒體責任

俄羅斯總統普京在訪華之後，對於中俄兩國之間的石油管道鋪設問題並沒有做出實質性的承諾，這使得原來寄予重大希望的中國媒體著實失望了一把。中國媒體在普京訪華前夕，鋪天蓋地報導兩國石油管道架設的可能性，一種抱以強烈希望的期待感染了中國民眾，當然最後落差也很大，在能源上中國依然沒有得到任何的實質性合同，甚至連口頭承諾都沒有得到，事後中國政府對於能源問題一直保持低調。嚴格來講，中俄雙方的石油問題只是中國在成為世界區域強國路途上的整體問題中的冰山一角，中俄石油問題的關鍵在於雙方的官僚體制直到現在為止還沒有建立完全的互信機制。普京總統的助理普里霍季科在一次訪談中就提到，中國與俄羅斯應當建立法律保障機制以利正常的資金流動，但與此同時，中國與俄羅斯的官僚體制要進一步加強了解。俄羅斯方面常常面臨自己的大國沙文主義而引起的輿論對政策制定的壓力，這對於有著漫長邊界線的兩個國家而言是不正常的，中俄兩國的實質問題就是兩國的官僚體制缺乏互信機制的鏈接。

## 雙方缺乏互信機制

中俄雙方官僚體系的互信機制主要是促進雙方中階官員相互了解的過程。中俄雙方在能源問題上的接觸由來已久，在上個世紀九十年代初期，中國的北方公司就開始與俄

羅斯的新西伯利亞的石油公司接觸，但雙方的石油貿易還只是停留在易貨貿易的一部分階段。可想而知，雙方在交易時必然會遇到石油價格的問題，當時在石油價格完全低迷的狀態之下，中方對於俄方所提供的石油質量和價格是不滿意的。中方的石油專家認為，新西伯利亞的石油由於完全處於凍土地帶，俄羅斯石油公司開採的原油所花費的成本過高，並且石油質量並不是很高，新西伯利亞所出產的原油與中東國家石油公司產品的質量存在相當大的差別。俄羅斯出產高質量原油的秋明油田一般都向歐洲國家出口，秋明油田在俄羅斯歐洲區的南部，每一次中國專家都喜歡到秋明油田考察，但從秋明油田所購買的原油訂單卻寥寥無幾。所以在九十年代初期與中期，中方並不熱衷於購買俄羅斯的原油，由此可見，新西伯利亞地區對於中國公司的不滿是由來已久的。

## 遊說俄官員難度大

中國現在面臨的整體大環境就是，在能源問題上中國基本上現在還不具備完全的心理準備。表面上看，中國所面臨的外部環境變化太快、太猛，而這其中的實質問題是中階官員與管理人員缺乏長遠的戰略眼光與計劃。在中俄兩國日漸明顯的能源問題上，中方的官員並沒有積極地在新西伯利亞地區進行遊說，並消除新西伯利亞與遠東地區的俄羅斯官員對於崛起中國的疑慮。當然，游說新西伯利亞與遠東地區的俄羅斯官員的難度是相當大的，因為俄羅斯官員在蘇聯解體之後，即使是有選舉，對於地區人民的關心還是相當不夠

的，他們的一些怪理論就包括：即使該地區沒有外來的投資，只要該地區還保留石油的戰略資源，那麼該地區的人民就有富裕的一天。當然這種富裕也許在不久的將來，但石油戰略資源必須服務於國家總體的戰略方針。當然，如果國外的公司能夠無私的或者獲取小部分的利益的話，俄方可以接受這樣的投資。在這種情況之下，沒有一個外國公司願意投資的，而俄羅斯官員最大的特點就在他們願意等待。

中國自 1993 年開始成為石油淨進口國，中國每年的石油進口量快速增長，對於國際市場依賴程度也越來越大。近十年來中國國民經濟以年均 9.7%的速度增長，原油的消耗量則按年均 5.77%的速度增長，而同期國內原油的供應增長速度卻僅為 1.62%。目前中國進口石油的一半以上來自中東，2002 年原油淨進口量從 2001 年的 6490 萬噸上升到 7180 萬噸，年增幅達 10.7%，其中從中東進口原油 3439.22 萬噸，佔全部石油進口的 49.5%。

中國媒體對於兩國間石油戰略的關心是非常正常的，但媒體關注中國方面是否投入專精的官員或公司管理人員呢？現在投入到兩國交往的中方官員主要是由兩方面組成，一方面是具有中俄多年交往的老談判專家，另一部分就是學習俄語按部就班考上外交部的人員，而在俄羅斯留學的留學生沒有得到適當的重用，但他們的優勢就在於深入了解俄羅斯人的性格與文化，可以扮演兩國交往的粘合劑或潤滑劑。中俄兩國都是大國，中方人員必須要比俄羅斯更加靈活，因為俄羅斯作為石油能源大國，我們的目的是要找對方合作的。儘管車臣分離主義分子還困擾著俄羅斯的發展，但

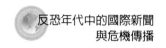
俄羅斯進一步分裂的可能性已經不大，俄羅斯要想發展遠東經濟就必須要同中國打交道，而日本由於北方四島的問題無法完全放下包袱同俄羅斯建立真正的夥伴關係，那麼，我們的優勢就在於中國也可以等俄羅斯，直到俄羅斯官員認為遠東的石油必須要賣到中國，並且中國是俄羅斯遠東地區最真誠的夥伴。但俄羅斯中階官員的特點在於比較直接表現出自己的粗魯與貪婪，在談判中佔有優勢時，還總不忘談到友誼，並時常表現出大國的傲慢，我方的官員必須要很好的掌握對方的心理，為國家爭取到自己的實質利益。

## 媒體應關注互信機制的建立

2003 年 5 月 22 日，俄羅斯政府已經正式批准《2020 年俄羅斯能源戰略》文件，該戰略指出：俄羅斯國家能源政策的重要方向是，俄羅斯要在未來二十年間成為國際能源市場的積極參與者，並與國外投資者在能源開發和利用領域中進行合作。這份文件基本上非常清楚的表明，俄羅斯未來能源戰略是建立在能源開發與利用上來的，而不僅僅是簡單的能源買賣，因為俄羅斯政府認為這樣會使有限的資源快速地流失。中俄未來的能源合作模式非常有可能是：中國在俄羅斯境內與俄方一起開發能源，並將已開發好的能源輸往中國，但這必須建立在兩國長期和平安定的基礎之上，並且俄羅斯要長期信守合約，不能隨便侵犯中國方面的既得利益。因此，雙方的官僚體制此時建立互信機制是十分有必要的。

（本文於 2004 年 11 月 23 日刊登於《大公報》評論版）

# 四　框架報導制約中俄關係

　　近三個月以來，中俄兩國領導人頻繁會晤，反映了兩國日漸趨緊的互動關係。2005 年 6 月 30 日，俄羅斯總統普京偕其夫人專門為胡錦濤夫婦準備了一場在莫斯科郊外總統別墅中的總統家宴，這可以說是雙方領導人友好互動以及雙邊關係取得實質進展的一種表現。

## 中俄友好意在能源

　　6 月 30 日，俄羅斯電力能源公司總裁邱拜斯在哈巴羅夫斯克市時宣稱，準備就關於俄羅斯出口電力能源到中國一事與中方簽訂合作備忘錄。邱拜斯認為此一計劃對俄羅斯來說具有地緣政治上的戰略意義。他認為中國是俄羅斯建立遠東次級電力能源系統的最佳能源市場，因為給中國供應俄羅斯多餘的電力能源可以為遠東經濟發展帶來豐厚的利潤，也可以鞏固兩國建立長期的戰略夥伴關係。俄羅斯可以憑藉能源供應在歐亞能源市場之間扮演關鍵的角色。

　　就中俄兩國經濟互動關係而言，2004 年的中俄雙邊貿易總額已經達到 212.3 億美元，今年 1 至 5 月，雙邊貿易額持續呈現發展勁頭，達到 100 億美元，比同期增長了 29.7%。俄總理弗拉德科夫對此表示兩國有能力持續擴展雙邊貿易額的增長。不過，俄也有報導認為，雖然中俄兩國設定將在

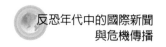
2010 年達到雙邊貿易額 600 億至 800 億美元的戰略目標，
但是雙邊貿易額形式絕大部分還是停留在一種不平衡的以
物易物的貿易框架上，也就是中國主要提供俄羅斯日常生活
方面的輕工產品，而俄羅斯提供中國能源、軍工產品和相關
技術。儘管如此，俄報導認為改善雙邊平衡貿易的問題不得
不先拖到將來再設法解決，而建立中俄之間能源供應鏈是當
前雙邊重要的經濟議題。

回溯 1996 年雙邊貿易額還在 40 至 50 億美元掙扎時，
當時俄總統葉利欽在雙邊領導人會晤時提出二十世紀末雙
邊貿易額超過百億美元，那對中方而言是一個很大的挑戰。
當時中方認為中俄雙邊貿易的基礎相當薄弱，中方主要購買
的是俄方的武器和金屬原料，並且國際石油市場價格偏低，
再加上俄羅斯出產的石油含硫量與雜質過高，使得中國石油
進口偏重在中東國家。如今中俄貿易額增長，將持續把重點
放在能源的供應與需求的互補關係上。

## 俄原料經濟存在困境

2000 年普京執政後，俄羅斯近幾年來總體經濟都呈現
在 8－9%的強勁增長率的態勢上。然而，俄羅斯科學院通
訊院士、國家杜馬信貸機構和金融市場委員會成員格拉濟
耶夫卻認為，俄羅斯以原料為導向的經濟是沒有前途的。
他認為那些贊成以原料為出口導向的人多出於與原料部門
息息相關的人，他們將出口原料當作個人收入的來源。再
加上由於在俄羅斯經濟體制中缺乏有效儲蓄轉投資的銀行

機制，基金市場不發達，使得投資主要部分來自大型能源企業本身。

　　銀行系統對投資市場的貢獻率大約佔 18％。缺乏適當的國家政策，使得那些擁有穩定收入來源的部門才能存活下來。這就形成了僅僅以原料為出口導向的原料部門擁有相對高的利潤與收入，得以保障其投資進程的資金提供。然而在發達國家具有促進國內生產總值增長的新技術因素卻在俄羅斯呈現弱勢的現象，這嚴重制約了俄國健全經濟的發展。此外，俄羅斯必須改善國營企業的利潤收繳機制，才能將超額利潤自國外返回國內，進行採購國產機器與設備，投入協作部門，最後到培植原料加工這一生產鏈中，如此一來，採掘礦藏才能成為經濟增長的發動機。要不然返回俄羅斯國內的利潤只能提供簡單再生產與提供就業方面，採掘礦藏工業就等於是在為國外經濟增長服務了。

　　潛藏在俄羅斯亮麗宏觀經濟增長點的本質，的確存在投資困境。俄羅斯預算盈餘來自國家沒有完全如數履行對國民工資與社會福利的支付，但卻履行對國外貸款的償付，用來確保國外巨額資金不被西方利用各種藉口凍結，順利讓部分資金返回俄國國內。如此一來，俄政府就不容易得到國民的支持，這就造成俄民主體制形式之下的社會情緒不安。因此，俄國政治氣候不穩定成為國外投資者怯步的主因。在這種情況之下，俄政府主要重點不應該完全放在削減國家開支的基礎上，而是通過長期發展戰略，建立穩定債務轉投資機制，以確定長期投資項目，把自由流動的貨幣資源聯繫起來。也就是建立一套健全的銀行機制，持續提供為擴大商品

的生產與供應所需的資金。格拉濟耶夫認為這一點中國作得較為出色。他認為，俄羅斯需要透過發展銀行體系來提供發展生產資金的長期貸款機制。

## 缺乏了解制約雙邊貿易

中俄之間在穩定邊境、發展邊貿、強化能源貿易、打擊恐怖主義和反對分裂國土等議題上都已經建立起共識。不過，兩國媒體對彼此國情的認識，還是不足以因應兩國逐漸建立的一種戰略關係。中國媒體對於中俄高層會晤經常強調互信、友好的一種氣氛，然而對於俄羅斯其他領域的報導，多限制在一種過去冷戰時期意識形態的報導模式當中。中國居民對於兩國國民收入也喜歡進行一種單純的比較。有些中國媒體乾脆就在中國認知俄羅斯的想像概念框架中，進行所謂的俄羅斯專題報導，明眼人一看就知道不是不懂俄文與該國國情現狀，就是在「機械」地呼應中國國內某些既定觀點的套路結果。

當前在中俄雙邊交流進入歷史最佳時期的時候，中國媒體應當多利用自己文字、聲音、圖像介紹俄羅斯的各種情況，以增進中國對俄羅斯的全面了解。目前中國駐俄記者也是比較缺乏的，這對於中俄兩國發展雙邊貿易額的戰略目標而言是不成比例的！

（本文於 2005 年 7 月 18 日刊登於《大公報》評論版）

# 五 中俄睦鄰友好合作關係

中國國家主席江澤民 15 日飛抵莫斯科，對俄羅斯進行為期 4 天的正式訪問，江澤民訪俄的首要任務即是簽署中俄睦鄰友好合作條約，條約有效期限為 20 年，這是十多年來中俄關係正常化的一項具體成果，該條約奠定了中俄兩國未來關係發展的框架與模式，也開拓了中俄經濟增長的契機。

## 俄急欲確定合作框架

對俄羅斯而言，簽署俄中睦鄰友好合作條約是普京在亞洲外交政策上的一項成就，是中俄外交關係穩定的一項重要指標。繼 1950 年中蘇簽署為期 30 年的中蘇友好同盟條約之後，中蘇關係由 50 年代的「和」、60 年代的「爭」、70 年代的「鬥」、80 年代追求「正常化」到 90 年代的「完全正常化」後，普京積極延續葉利欽的中俄友好合作的政策，一年來普京積極籌備俄中兩國締結睦鄰友好合作條約的準備工作，用以鞏固俄國與中國關係正常化後的交往，這對俄國發展遠東經濟，融入亞太經濟體系，穩定東亞區域安全，以及平衡俄美中全球戰略格局與發展多級體系，具有積極戰略意義。

此外，更重要的是，中國今年底至明年初將召開 16 屆中國共產黨大會，屆時中國政府領導層將面臨變動，這些即將展開的人事改組，已引起俄國高層的擔心與關注，因為江

澤民這一代領導人多為留蘇派，皆能操流利的俄語，90年代時，江澤民與葉利欽的關係良好，互動性強，把中俄關係從友好睦鄰，建設性伙伴發展至戰略性協作伙伴，使得中俄關係不斷提升。然而，現在新一代的中國人對俄羅斯其實比較陌生，下一代中國領導人的對俄政策可能更會令俄國高層摸不著頭緒，這樣反而不利俄羅斯兩代領導人執行長期而穩定的中國政策，因此，顯然普京希望在俄羅斯經濟增長的這幾年之中，中俄關係是穩定與互利的，這促使普京選擇此時與江澤民確定中俄兩國今後發展的框架與模式。

今年中俄兩國元首會晤將達三次之多，六月中旬普京至中國參加上海五國論壇，會後中國、俄羅斯、哈薩克、吉爾吉斯、塔吉克與烏茲別克決議將上海五國會議提升為上海合作組織的區域性組織，七月中旬江澤民訪俄，十月普京將會前往上海參加亞太經合會議，中俄交往空前頻繁，中俄貿易去年突破 80 億美元大關，此際，俄羅斯希望藉著中國這個橋樑，展開與亞太地區經濟整合，以促進俄遠東經濟發展。

## 開拓中俄經濟增長契機

提升俄羅斯經濟實力的另一關鍵，即是修建西伯利亞輸往中國與南韓的石油天然氣管道，俄羅斯希望藉由中國、南韓與日本資金的投入來建造管道，但就目前而言，中國與俄羅斯雖協商多次，但由於各自的政治利益與受國際形勢所迫而毫無具體結果。這次中俄發表聯合聲明後，今後雙方較無後顧之憂可以對此展開具體運作。

　　武器交易是中俄貿易的焦點，2000 年中俄 80 億美元的貿易額中，武器交易即佔 16 億，這次中國還打算向俄羅斯購買 38 架蘇 30-MKK 戰機，生產廠家將由阿木勒航空工業體與蘇霍依飛航公司競爭。此外，中俄經濟另一增長來源就是鋁的交易，過去鋁的交易量不但小，且不受政府的規範，俄羅斯薩拉鋁廠代表表示，今後中俄鋁的生產與供應都將視雙方政府的行政命令而定。現在俄羅斯還希望遠東的海陸空港皆能成為中日韓貨物運往歐洲國家的轉運站，遠東經濟發展將支持俄羅斯今後十年內國內生產總值每年平均 5%的增長，預計 2010 年俄國內生產總值將達 4570 億美元，這次中俄睦鄰友好合作條約的簽署為中俄經濟增長提供了契機。

## 符合中國長期國家利益

　　中俄兩國邊界長達 4300 多公里，俄羅斯在中國對外政策中一直佔有非常重要地位，與俄羅斯發展睦鄰友好合作關係是最能符合中國的國家利益。60 至 70 年代中蘇對抗時期，中國面臨來自蘇聯的軍事威脅，不得不把大量資源投入國防建設，同期的亞洲一些國家卻早已經濟迅速起飛，拉大了中國與亞洲四小龍的差距。蘇聯解體後，90 年代的俄羅斯仍屬政治和軍事大國，俄憑藉強大的軍事資源，順理成章地成為中國武器的供應者，中俄睦鄰友好也就成為中國國家安全與國內建設的必備條件之一。

　　中俄兩國同屬聯合國安理會常任理事國，在國際重大議題方面，中俄的合作能夠維護自身的地位與合法權益，尤其

在反對分裂主義，打擊恐怖主義，以及反單極主義方面雙方更能取得相互聲援與合作，降低了來自西方國家的干涉。中國西部邊陲同中亞國家接壤，這裡遠離中央政治與經濟中心，並且大量居住著回教少數民族，歷來是中國國家安全戰略的薄弱環節，中國與俄羅斯一樣，不希望出現破壞性的民族主義與宗教極端勢力，危及中國西部地區的安全與穩定。

在東北亞地區，中俄都不願見到美日同盟的加強，反對美國研制發展 NMD，縱使在美國執意發展 NMD 的情形下，中俄仍緊咬反導條約不放，這既可加強中俄道義上的聯合，又可增加中俄與美國實質性談判的空間。就地緣政治而言，中國是希望俄羅斯作為一個穩定因素進入亞太地區，來平衡中俄美日之間的勢力。

中俄兩國十年來秉持著睦鄰友好與互利互惠的原則，逐步建立定期會晤機制，使中俄關係發展潛能充分發揮出來，中俄都積極強調相互不結盟政策，力圖使自己在國際體系中能左右逢源，處於最有利的地位。再者，中俄睦鄰友好合作條約的簽署，使得中俄兩國關係達到經濟利益與政治利益並重的時代，若今後中俄政府決心解決能源運輸供應與武器交易中存在的體制性問題，中俄貿易將會獲得實質性的增長。

（本文曾刊登於 2001-07-24 新加坡《聯合早報》天下事版，台灣遠景亞太安全資料庫轉載）

# 六　中西新聞觀視角衝撞

　　《紐約時報》於 2004 年 10 月 13 日在國際亞太新聞版刊登了一篇題為〈China Crushes Peasant Protest, Turning 3 Friends Into Enemies〉(中國鎮壓農民抗議,離間 3 友人反目成仇)的長文。若從比較中美新聞寫作技巧、政治傾向、新聞的客觀性以及媒體的宣傳職能等方面來分析探討,我們會發現《紐約時報》仍習慣以中國政權損害人權的視角來看待中國的內政問題,不過這樣只能讓中國媒體人繼續持美國妖魔化中國的對立觀點來回應美國媒體,這將不利於兩國人民建立友好互信的關係;反觀中國媒體人看待《紐約時報》時,帶著一種中國的民族情感結合媒體宣傳職能所構成的反美情緒也是比較濃厚的。然而,中國在相對缺乏成熟完整的傳媒法律機制的環境之下,資訊流通的不對稱妨礙了雙邊國家內容共享與交流的原則。

## 中美根本利益不同

　　就《紐約時報》這篇農民報導而言,中國媒體人之所以形成對美反感的原因,大抵包括:《紐約時報》寫作的詆毀性語言甚多、該篇文章與中國農民調查報告內容重疊性太高引起中國讀者對該報導的客觀性存疑、中美兩國意識型態長期對立,以及中國媒體宣傳職能理論框架僵硬化等問題,皆

導致了中國媒體人對於美國精英報紙過於偏激報導中國內政問題的不良感官。中國媒體精英，一方面想著要捍衛黨和國家的尊嚴與利益，因為這是中國新聞理論的核心；另一方面又希望中國新聞報導能夠更有效反映民情、為民喉舌，總體希望加強中國媒體扮演社會公共論壇的角色。同樣地，若從新聞客觀性出發，美國精英大報《紐約時報》對中國共黨政權形象的負面設定，卻也引發了中國媒體人對這份擁有一百五十年大報的權威地位不敢苟同。

平心而論，若從媒體的工具論來看，中美根本利益不同是關鍵因素。兩國各自的精英媒體都在發揮影響政府決策與爭取輿論認同的政治作用。中國不完全開放的媒介環境也是影響中國媒體和受眾仍習慣以冷戰思維的意識型態模式中敵我設防的眼光來審視雙邊政策。這裡面的關鍵問題就是缺乏有效資訊流通的渠道。目前中國受眾對媒體接近權的使用仍沒有被放在議事日程當中，他們對政治議題的參與性多半停留在人際傳播當中，實際上，受眾、媒體與政府的傳輸管道尚未建立成型。如此一來，新聞職能如果不能協調黨的喉舌與人民喉舌的立場，媒體樞紐功能就不能很好地發揮。雖然在中國電視、廣播、報刊等大眾媒體數量不算少，再加上民眾使用手機和因特網等傳播工具在城市中也相當普遍，那麼，資訊流通怎麼還會出現障礙呢？問題就在於城市與農村以及境內與境外資訊相互不對稱，中國與外國都是在有限的資訊下看待對方的國家問題，境內資訊也會因為在政治正確的前提下，無法站在多元立場上完整地呈現多層面的真相實情，這使得中國媒介組織內外傳播環境的資訊都無法完成上下有效地流通。

## 雙邊缺乏資訊共用原則

　　《紐約時報》這篇農村報導是將中國共產政權與農民利益對立起來，這讓中國讀者比較難以完全接受。《紐約時報》似乎缺乏真正意義上的中國專家記者。同樣地，中國也缺乏國際新聞傳播方面的人才。哈佛大學費正清研究中心中國專家傅高儀曾經表示，美國在能夠較多地接觸中國媒體之後，才比以前更能夠正確判斷中國問題。這段話基本反映了資訊不對稱問題也出現在美國與中國之間。因此筆者認為，雙邊相互了解對方的真正國際新聞人才的匱乏，妨礙了中美兩國政府與百姓進行正常的交流與對話。簡言之，就是中美雙邊仍缺乏資訊共用原則。

　　關於社會衝突與傳播的問題，美國早期傳播學者 Harold Lasswell，曾任美國國會圖書館戰時傳播研究委員會主任，他在〈社會傳播的結構與功能〉一文中提及：「意識型態只是任何特定社會之神話的一部分，還會有與主流學說、準則和道德相對立的『反意識型態』。今天，世界政治的權力結構深受意識型態衝突和美蘇兩大國的影響，兩國統治者都將對方視作潛在敵人。……在這種情形之下，各方統治集團都非常警惕對方，並把傳播作為保持實力的手段之一，……傳播還積極被用在同對方受眾建立關係上。……同時統治者盡可能對政策問題採取安全防範措施，加強統治階級意識型態與控制對立思想。……如果真實不被共用，那麼統治當局更關注的是內部衝突，而非外部環境的協調。」Lasswell 的結語是「在民主社會中，合理的選擇取決於教養，而教養又取

決於傳播，尤其取決於領導者、專家與普通百姓之間能有相
同的注意內容。」Lasswell 的觀點基本上仍道出了中美兩國
媒體在面對國家根本利益衝突時，仍存在的同等內容資訊傳
播障礙的問題；而外部敵人的豎立是為了解決內部資訊與資
源不平衡的矛盾。

## 中國應建立傳媒法制

　　中國資訊在不完全流通的情況之下，媒體人自身怎麼做
到輿情上傳的作用？媒體的所有權與編輯權分屬怎麼有利
於資訊的流通？新聞法機制要怎麼建立，一方面怎麼賦予記
者權利進行深入採訪而不被刁難；另一方面如何保障記者傳
達輿情的專業積極性，讓他們不因政治正確而被革職，做到
真正意義上的公正客觀，從而建立民眾對記者與新聞報導的
信任感。

　　由於中國媒體長期片面解釋蘇聯解體原因之一就是媒
體自由化導引的，這個觀點讓中國政治精英憂慮，要是媒體
亂了起來怎麼收拾？然而，一味地新聞管制又不符合當前中
國媒體在全球化經濟中的社會地位和經濟利益。不論在中
國、西方民主國家或是俄羅斯，關鍵方案之一就在於法制環
境的建構，形成政府、媒體與公眾互動的法制環境，這是一
個重要的長期工程。現在中國媒體社會功能不張的主因，就
是媒體人缺乏真正意義上的第四權，因此，中國要如何在理
論與實務上建立第四權的法制環境是刻不容緩的問題。新聞
法制結構又涉及憲政結構，新聞法不能單從政府立場出發，

新聞法的主體成員還要包含媒體、社會組織、一般公民的權利在這個傳播鏈的體系當中。唯有規範與保障各種公民在傳播行為中的權利才能活化資訊的流通，這時媒體的公共論壇與傳播樞紐功能才能相對有效地發揮出來。

（本文於 2004 年 10 月 29 日刊登於《大公報》評論版）

# 七　中外媒體如何看待併購

　　對於聯想與 IBM 併購案，中國的媒體普遍稱為：蛇吞象。中國與美國的媒體分別進行了特色不同的報導，中國媒體使用最多的詞彙為：堤防，而美國媒體使用的關鍵字為：國家安全。香港媒體則採用平衡報導的手法。

　　隨著中國改革開放的深入與國力的增強，中國的計算機公司聯想集團終於實現了自己的跨國公司的夢想，在 2004 年底聯想集團與 IBM 就個人電腦的業務的併購案達成協議。對於聯想與 IBM 併購案，中國的媒體普遍稱為：蛇吞象，事後美國眾議院對此提出疑義，此時中國與美國的媒體分別進行了特色不同的報導，中國媒體使用最多的詞彙為：堤防，而美國媒體使用的關鍵字為：國家安全。就新聞專業用詞而言，中國媒體顯然情緒化，儘管美國媒體在新聞的寫作上展現了偏頗的傾向，美國媒體的新聞專業用語則較為中性，香港媒體則採用平衡報導的手法。

## 《紐約時報》觀點偏執

　　1 月 19 日《紐約時報》發表了題為〈IBM 在第四季度表現亮麗〉的新聞，新聞指出 IBM 在第四季度總營業額為 30 億美元，IBM 的股票在利多消息的促使之下提升 1.8 美元。27 日該報發表〈IBM 在中國的交易面臨安全問題引起的嚴格審查〉的文章，文章中認為中國最大的個人計算機製

造商聯想公司隸屬聯想集團，聯想集團主要由大眾股東所有，但屬於政府機構中國科學院持有聯想集團 37%的股份。如果此次併購順利完成，政府持股將下降至 30%以下，IBM 將持有 18.9%的股份。美國眾議院中國際關係委員會主席亨利海德在交給財政部部長約翰斯諾與總統布什的信中提到：他們認為此項併購案將會使中國獲得先進技術，並且會導致美國政府的某些合同受中國公司的擺布。最後他們建議：鑑於中國所謂國家公司與政府間的親密關係，此次併購案應當延長審評交易，這符合美國的國家利益。該報導同時指出曾在克林頓政府擔任貿易官員、現任全國對外貿易理事會主席的威廉賴因施表示：政府不會對眾議院某些重要的委員會主席們的建議不會置之不理，他們的擔心經不起嚴格審查。

### 內地媒體缺國際經驗

31 日該報又發表文章《聯想的併購案是否已經影響美國的安全》評論文章。如果作為長期閱讀《紐約時報》的讀者來講，這些新聞給人的總體印象是：IBM 整體的營業狀況良好，IBM 並不需要任何的併購，如果併購的話，也許與戴爾效果會更好一點，從單純的新聞學角度來講，美國媒體的這種輿論氛圍的塑造應當是相當成功。對於三位委員會主席建議書的觀點，這符合美國讀者對於中國的一般刻板印象，也符合美國政治人物一向固執的特性。

總體來講，《紐約時報》的新聞記者對於聯想集團連續幾天的報導，表現出美國各界對於中國資本進入美國的關

心，在新聞報導中美國記者儘管進行了所謂的平衡報導，但新聞引用威廉賴因施的看法基本上是軟弱無力的，作為一般的美國讀者基本上對此是沒有任何感覺的。從另外一個角度分析，賴因施的觀點卻是絕對正確的，首先美國眾議院的意見對於白宮而言基本上只是參考而已，並不會產生實質的影響；其次，聯想只是併購 IBM 實質上已經處於虧損狀態個人電腦的業務，如果從純商業的角度出發的話，這是一個雙贏的局面。

中國內地的媒體在此次併購案中的前期經常使用的一個詞是：蛇吞象。現在看來這是相當不準確的。中國媒體還不知道如何在國際資本市場當中進行重大事件的報導，如果聯想與 IBM 的併購案真的就是蛇吞象的話，那麼，眾多的國外大集團公司進入中國的企業的行為又如何定型呢？

## 香港媒體中性報導

反觀香港的媒體的報導就比較中性，香港媒體普遍使用的關鍵詞為：海外擴張。同時為了平衡報導，香港媒體普遍採用中國首鋼在秘魯海外投資案不成功的案例。

中國媒體在進行任何國際問題報導時，應當持著「不以物喜，不以己悲」的原則進行報導，要在體諒對方感情的基礎之上進行具有國際性的平衡報導。比如俄羅斯教育界方面在來中國大學進行交往時，雙方除了對曾經的「莫斯科郊外的晚上」有共同的回憶外，再來就是相座無語。這也許是中俄兩方面在交往中「上熱下冷」的部分原因的寫照，因為中

俄高層領導在交往中，確實是有共同語言。筆者就曾在俄羅斯電視台轉播江澤民主席與葉利欽前總統的會見時，感動得熱淚盈眶，那完全為「俄國通」與「中國通」之間交量與合作的感覺。事後，當我問自己的導師時，沒想到他竟然也有同感。

美國眾議院對於此次併購案的反映基本上是不奇怪的，其中最主要的原因在於聯想作為未來的跨國企業並沒有游說美國的參眾兩院，儘管這在美國法律的規定當中是合法的。試想即使聯想有游說的話，那從眾議院三位主席的反對信中可以看出游說也是想當然不成功的。在這裡我們可以更加借重台灣的經驗，我們看到在中國抗戰初期，美國並不是很看好中國在二次世界大戰中有任何能幫助美國的地方，但在蔣宋美齡穿梭外交的協調之下，中國與美國在二次世界大戰中成為戰略同盟。同樣，現在的台灣「台積電」的董事長張忠謀，他本身就曾在美國的德州儀器公司工作過，相對來講，很多的美國政治與商業人士對於張的信任要遠高於台灣政府。以筆者在歷次的談判或者交往的經歷來講，俄羅斯似乎對於我本人在莫斯科國立大學的博士身份更加有認同感，談判也經常有峰迴路轉的機會。我想，其中一個最簡單的原因就在於我們之間的思路是相通的，我們最主要的功能就是：說服。作為一個留學生，我們是永遠為祖國服務的，這是永遠不會改變的，只要兩國之間在利益相同時，一定要求同存異，我們的作用就是可以搭建一條可靠的橋樑。

試想如果聯想的副老總就是從美國留學回來的，那麼與美國政治界交往的任務他就責無旁貸了。我們也許擔心他是

否能完成任務。其實，中國的跨國企業應當學會如何與各個國家的政治界、經濟界交往，這不只是國家的任務，這也是各個跨國公司自己的任務。在這裡筆者更想指出的是聯想作為未來的國際跨國企業應當更加重視與世界媒體之間的溝通。如果媒體在報導中有任何不恰當的形容的話，聯想應當在私下裡或者在新聞發布會中聲明，也許聯想更加需要一個強有力的新聞發言人及發言人制度，聯想不但需要學會控制中國國內媒體的表現，而且要開始影響國外的媒體，以跨國企業的名義游說美國的參眾兩院及地方議會。

（本文於 2005 年 3 月 3 日刊登於《大公報》評論版）

# 八 「布什主義」正在結束

在新保守主義背景下產生的「布什主義」正在面臨新的轉型需求。如果布什片面的以美國標準的反恐為最終目的的話，那麼在多元化社會中，「布什主義」應該處於正在消亡的狀態，這應當是美國國內民眾的需求，「布什主義」是對美國國內的財力和輿論的自由空間的威脅。

在「9・11」事件之後，「布什主義」逐漸浮現。當我們在 Google 的搜索上關鍵詞「布什主義」的中文關鍵詞時，相關的網頁竟然達到 24 萬個。那麼「布什主義」的含義到底是什麼呢？應該說在 2004 年前，「布什主義」的主要含義就是反恐和先發制人，在 2005 年布什宣布第二任期時，「布什主義」的內涵則變為「打倒暴政」和「民主化」。美國外交關係委員會總管研究工作的副總裁詹姆斯・林德賽（James Lindsay）認為「布什主義」在布什總統第一任的就職演講中已經有了非常詳細的闡述，可以說這樣的外交政策目標不可謂不雄心勃勃，但事實上「布什主義」很難在現實中行得通。這其中最主要的原因就在於，儘管美國在軍隊和外交領域保守主義是居於絕對的優勢，但在美國其他的各個領域中自由主義還是佔有相當的主導力量，這其中以傳媒和經濟領域最為明顯。

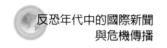
### 「布什主義」違反自由主義

9 月 13 日美國《華盛頓郵報》刊出一篇題為〈布什時代的終結〉的文章。該文章指出最近幾個月越來越多的美國人開始意識到布什政府所推行的政策很多是行不通的,因為普遍的美國大眾體會到布什的政策失靈,領導方式前後不一,而且充滿了隨心所欲的個性,最後文章在結論中指出:布什時代早已結束。另外《華盛頓郵報》還在 16 日刊登出由專欄作者丹伏路姆金的一篇〈大政府先生——真正的布什請站起來〉的文章,在文章中丹伏路姆金認為布什總統確實做出了太多的許諾,這包括對於波斯灣整個地區的重建工作。如果按照現在美國國家財政面臨的赤字問題,按照現今的狀況,海灣地區應該是美國新保守主義政策的主要實驗場,在美國國內政府在減稅之後的最終受益者已經變為大企業、教堂和私立學校。文章作者希望自由主義能再次在美國大行其道,並還原克林頓時代自由主義為美國帶來的輝煌。

### 對霸權的追求是個泡沫

去年總統大選後,有三分之二的共和黨人對布什的工作表示滿意,現在則只有不到一半的人仍持這種觀點。卡特里娜風災後,布什明顯處於政治弱勢,政治資本銳減,但如果斷言「布什時代已經結束」的確為時過早,最主要的問題在於美國民主黨已經有五年的時間沒有執政,而且民主黨在克林頓執政期間只是證明自由主義可以在高科技時代有非常卓越的表現,但美國在全面面臨反恐的前提之下,以克林頓

在性醜聞伴隨民主黨結束執政的印象之中，民主黨要想以非常成熟的自由主義再次執政並結束「布什主義」，這還存在相當的困難。現在看來，民主黨方面最主要的問題就在缺乏魅力領袖和「意識形態」主題，民主黨完全可以以自己擅長的自由主義為切入點，因為世界很多的國家對於自由主義還有普遍有好感，而且不會感到那種咄咄逼人的態勢。但這樣的切入必須是以執政為前提的。民主黨如果以克林頓的夫人希拉里為看點的話，那會給人以美國已變為家族政治的狀況。「傻瓜，重要的是經濟」──已經沒有多少人記得克林頓 1992 年的競選口號了。美國選民對於自身安全的擔憂和恐懼戰勝了一切，包括在伊拉克的挫折、經濟上的不平等、脆弱，現在民主黨幾乎無法從外交、經濟等方面切入自己的制高點，好像等待和在媒體上發發牢騷是唯一的選擇。

　　連美國人自己都對布什的「民主化」目標半信半疑，充滿嘲諷。杜魯門在 1947 年對世界宣稱「美國的政策必須是支持自由任命」，不久美國就同西班牙法西斯獨裁者佛朗哥緊密勾結。肯尼迪總統在就職宣言中也莊嚴保證「為保證自有的生存和勝利……而願付任何代價，擔任何重任。」旋而不久，肯里迪政府就公開支持拉美國家對美國示好的獨裁者。當里根總統在 1982 年宣布發動「一場全球性的自由運動」時，美國仍然對菲律賓腐敗的馬科斯總統，智利的皮諾切特和韓國當時的軍政權青睞有加。美國金融資本家喬治索羅斯在 12 月的美國《大西洋月刊》上撰文認為，布什對霸權的追求就是一個泡沫，而美國自認為在世界上的絕對優勢則是一個被扭曲的現實。而認為如果美國利用現有地位到處

強加其價值觀和利益將會境況更好,這就好比是對股市泡沫
的誤解。

## 威脅國內財力和自由

　　如果要按照布什口中的所有承諾的政策去做的話,美國
此時必須是一個大政府。這個政府既能夠應付國內所發生的
災難,又能夠解決國際問題,這種可能性存在嗎?美國政府
在建國初期就基本上制定了大社會小政府的國家發展方
針,這使得美國在近三百年的發展當中嘗盡甜頭。在歷次世
界大戰中,美國始終以第三者的姿態出現,並最終取得了戰
爭的勝利。這主要是由於美國小政府的政策使得國家的預算
很難被使用在戰爭當中。但當美國政府時常以假象敵的確認
發展國家經濟的話,那對於美國來講大政府是非常有必要
的。而大政府的主要功能就是要在美國政府在對外行動中,
國內保持一定的穩定,相對而言,大政府的功能和格局非常
符合布什平常所一直強調的單邊主義。

　　我們現在所見到的「布什主義」應該是還沒有成型的「布
什主義」,這主要是因為「布什主義」所需要的生存環境在
美國並不存在。假設「布什主義」存在於現今的「小政府大
社會」的狀態之下,「布什主義」所關注的國際政治問題變
成了美國自身的問題,國際問題的解決需要按照美國的計劃
來執行,此時聯合國已經逐漸失去功能,但這一點是廣大的
國際社會所不容許的。

在「9‧11」事件發生後的三天，布什在世界貿易中心廢墟上宣布：我能夠聽到你們的聲音，世界上其他國家也能聽到你的聲音，撞倒兩座大樓的人也將很快聽到你們的聲音。布什的講話很快激起了美國人民對於恐怖主義的憤怒，同時也贏得了民眾對於伊拉克戰爭的支持。但在激情之後，美國人發現在執行了五年後的「布什主義」已經激起世界很多國家的反感，其根本的原因就在於「布什主義」的涵蓋太小，可以說「布什主義」的使用範圍只有那兩三個國家。在以新保守主義為背景下產生的「布什主義」現在面臨新的轉型需求。如果布什片面的以美國標準的反恐為最終目的的話，那麼在美國多元化社會中，「布什主義」應該處於正在消亡的狀態，這應當是美國國內民眾的需求，因為「布什主義」是對美國國內的財力和輿論的自由空間的威脅。

（本文於 2005 年 11 月 1 日刊登於《大公報》評論版）

# 九　日本轉移政改失敗焦點

　　美國在成為唯一的強權之後，主動緩和了對日本的經濟壓力，應該說美國與日本的同盟化強化之時，就是日本正式與亞洲國家疏遠之始。日本人個性中的武士道精神，使得自己在與亞洲國家交往當中盲目自大不向戰爭受害國道歉。

　　4 月初，中國《國際先驅導報》刊登出贊助歪曲歷史的教科書出版的日本企業名字；4 月 8 日《國際先驅導報》開出兩個專版討論日本教科書問題發生的根源，另外關於日本進入聯合國常任理事國的行列已經遭到韓國政府的全面封殺；新加坡《聯合早報網》報導，4 月 9 日，北京發生近萬人的抗議遊行……。次日，筆者就目睹了在廣州爆發的反日示威，示威是在廣州的主幹道進行的，沿途的日本拉麵店基本都關門，並把有與日本相關的店副都遮擋起來。以一般的國際關係中的常識來講，日本近來的外交行為基本上算是比較幼稚的，屬於經改、政改沒有太大起色無病亂投醫的行為。

## 上世紀末多次改革

　　現今全世界的行政改革主要有兩個類型：一類是以憲法為前提的行政改革，這種改革通常是脫胎換骨的、帶有根本轉變的改革；另一類是在現有憲法的框架內，對某些不適宜在此應經濟、社會發展的行政組織、行政程序包括公務員制度中的某些不適應的新形勢需要的部分進行調整和改革。

日本曾於上世紀八十年代初到九十年代初進行了一次卓有成效的改革。在這次改革中，日本政府於 1981 年 3 月成立了「第二次臨時行政調查會」，會長是由團聯名譽會長土光敏夫擔任，其他成員則由財界、工會、退休政府公務人員、傳媒界和學術界共九人擔任。「第二次臨時行政調查會」在 1981 年 3 月到 1983 年 3 月間，先後 5 次就日本行政改革的主攻方向和實施方案向政府提出建議。在這一階段，日本行政改革最引人注目的成績，就是中曾根內閣根據臨調會的建議將國有鐵道、日本電報電話公社和日本專賣公社實行民營化。

日本在九十年代又開始了新的一輪改革，以 1994 年 12 月成立的「行政改革委員會」為開端，由三菱重工業公司董事長飯田庸太郎擔任該會會長。在 1997 年之前，該委員會關注的重點是放在放寬政府對於公司運營的限制；改革公司中的特殊法人等。1996 年 11 月，根據時任首相橋本龍太郎的指示，設立了「行政改革會議」，橋本龍太郎自任會長，總務廳長官武籐章任代理會長。「行政改革會議」的主要任務就是倡議設立內閣以強化內閣功能。另外還有日本中央神廳的重組進行規劃，提出一份最終報告，但「行政改革會議」於 1998 年 6 月宣布解散。

## 官員謀利醜聞曝光

日本的改革主要集中在四個方面，他們分別為放寬政府對於公司運營的限制；改革公司中的特殊法人；有關行者信

息公開的法律法規。放寬政府對於公司運營的限制主要是由 1994 年 6 月上任的村山富市首先倡導的，1995 年 3 月村山富市在國會通過了〈推進放寬限制計劃〉，根據該計劃日本政府決定對 1091 項限制事項給予撤銷或放寬，隨後該計劃的實現期由 5 年縮短為 3 年，1996 年 3 月和 1997 年 3 月，繼任的首相橋本龍太郎先後將該計劃修改了兩次，並將預定撤銷和放寬的限制事項擴大為 2823 項。這些改革措施主要集中在：石油、電力、電費、通訊價格、航運、港口、資產交易、證券等等，政府主要是針對取消這些行業在交易時的手續簡化問題。

　　省廳改革首創者則是橋本龍太郎，在前首相小淵惠三執政期間完成其法律框架，最終是由森喜朗在任內做了一個結尾。省廳改革主要包括兩個方面：一是對於大藏省進行一系列的調整；二是提出中央省廳重組的計劃。由於日本大藏省長期掌握編製預算的大權，在 1996 年大藏省的官員利用職權謀取私利的醜聞相繼曝光之後，日本朝野開始出現要求政府進行金融行政改革的呼聲，最後在 2000 年 7 月，日本金融監督廳在合併大藏省的金融企劃局之後，改組為金融廳。

　　對於改革公司中的特殊法人的改革，主要是日本政府對於企業不正當或者具有壟斷性的股票佔有與投資行為，但最終對於特殊法人的進行全面盤點和整頓的行為草草收場，企業特殊法人的數量僅由 92 家減為 81 家，而且這次改革中被撤銷和合併的往往是缺乏背景的、影響力較小的特殊法人。

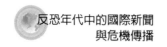

## 日美強化關係疏離亞洲

　　日本的改革是建立在經濟處於全面持續衰退、人口老齡化問題日益突出、政府財政狀況持續惡化、新一輪經濟全球化經濟的衝擊和行政機構的弊端逐漸暴露的大背景之下。這其中政府財政狀況持續惡化是最為突出的問題，政府的一般會計收入和一般支出的差距呈逐年擴大的趨勢。根據經濟企劃廳公布的數字顯示，1996 年財政赤字佔國民生產總值的比重為 6.6％，1997 年為 5.9％，1997 年達到 9.7％，1998 年和 1999 年政府為擺脫經濟大面積滑坡，分別發行國債 34 萬億和 37.5 萬億日圓，此時政府對於國債的依存度分別為 40.3％和 42.1％。

　　2002 年度，政府財政對國債的依存度仍高達 36.9％。財務省 3 月 29 日公布的「國家財政預算中期測算」顯示，以經濟零增長為前提，2006 年度國債依存度將達到 49.4％，即國家預算的一半必須依靠發行國債來支撐。

　　另外在全球整體全球化的前提之下，根據日本在整個九十年代在外交與內政的整體運作上來看，顯然日本似乎並沒有做好準備。日本雖然在對外援助上花費不少，但其國際地位似乎並沒有太大的提高，現在處於經濟衰退的日本與美國討價還價的資本越來越少，美國在成為唯一的強權之後，主動緩和了對日本的經濟壓力，應該說美國與日本的同盟化強化之時，就是日本正式與亞洲國家疏遠之始。這應該是日本人發展中的宿命，日本人個性中的武士道精神，使得自己在與亞洲國家交往當中盲目自大不向戰爭受害國道歉，另外日

本人中的忘本個性使得他們很難尋找到自己文化當中的優勢，日本已經忘記中華文化的博大精深，只把他自己學到的中華文化用於無休止的詭辯當中。

## 搞經濟一流搞政治二流

美國作為現今唯一的強權國家，扶植在東亞地區的日本應當是沒有任何問題的，但美國與前日不落的大英帝國在外交戰略上有著異曲同工的外交戰略方針，那就是在所在地區的制衡策略，最明顯的例子就是英國在撤出印度時留下了至今印度與巴基斯坦一直無法解決的克什米爾問題。同樣，美國在中國與日本間留下了釣魚島問題，現在看來如果按照日本人的個性來講，釣魚島問題將是日本人的緊箍咒，中國前領導人鄧小平同志所提出的「放棄爭議、共同開發」的方針是非常高瞻遠矚的，只是按照日本人的個性，他們是用「全拿」「佔便宜」的心態來面對釣魚島問題，以為今天建個燈塔，明天一個縣宣布管理釣魚台，後天也許又出台一個什麼項目等等，這些基本上在國際關係中屬於偷盜行為，或稱小人行為。

日本政府在政改中出現的問題，絕不能用周邊事態來加以掩蓋，日本政府如果堅持這樣做的話，只能更加驗證一句話：在日本一流人才搞經濟，二流人才搞政治。

（本文於 2005 年 4 月 13 日刊登於《大公報》評論版）

# 十　國外媒體看中日爭議

　　印度尼西亞亞非領導人高峰會議已經閉幕，中國國家主席胡錦濤是以在亞洲扮演著繁榮區域經濟與穩定國際政治的關鍵角色的身份出席峰會，因此備受禮遇和重視，這有別於 50 年前同樣在萬隆會議時周恩來總理的困境。當時由於在美蘇冷戰的意識形態對立之下，中國也受到各國的質疑，被西方傳媒醜化為「紅色鐵幕政權」。50 年過去了，中日卻由於歷史遺留的複雜問題，導致兩國關係陷入 1972 年正常化以來的最低點。中日領導人的會晤，自然成為這次國內外媒體關注的焦點之一。

## 日本意在「入常」

　　去年美日將台灣納入聯合保護對象的聲明令中國政府相當憤怒。如今美官方態度還偏向支持日本成為聯合國安理會常任理事國。根據美國有線電視新聞網 CNN 引自美聯社的報導，美國駐日新任大使 Thomas　Schieffer 於 4 月 18 日在東京時表示：「日本成為聯合國安理會常任理事國有助於增進世界和平與安全。」

　　今年 4 月，在中國幾個大城市爆發了一連串反日抗議示威遊行之後，中日領導人雅加達雙邊會晤引起了國內外媒體的特別關注。關於會晤，《紐約時報》4 月 23 日轉載美聯社的一篇報導，題為〈中日領導人試圖化解爭議〉（Leaders

of Japan, China Try to End Dispute），，報導提到，
雙邊最高領導人會談的主題在於：中國聲稱日本文部科學省
認可日本教科書淡化戰爭侵略行為而造成大批中國人的反
日示威抗議遊行活動。該報導還提到，中國、韓國以及其他
亞洲國家對於日本沒有充分表達自身侵略鄰國的行徑而感
到不滿。中國人的憤怒又被日本企圖成為區域強權的舉動而
刺激深化。該報導認為，由於中國在安理會中擁有否決權，
日本為了爭取常任理事國席位，會積極與中國化解歧見，以
緩和兩國在中國近一個月以來由於反日遊行所造成的緊張
關係。4 月 21 日，英國《經濟學家》雜誌刊登了一篇題為
〈管理動盪〉（Managing unrest）的文章，該文認為，中
國領導人對於此前在國內逐漸擴大的反日抗議活動感到不
安。假如事態逐漸惡化，不僅將不利於中日關係的恢復，並
且有損中國致力於使鄰國相信其經濟強大不會構成威脅的
行動。

## 中國要做最低限度準備

新加坡《聯合早報》4 月 25 日社論認為，中日之間的
糾葛主要還是源於「歷史遺留的問題」：包括日本教科書篡
改侵華史實、小泉參拜靖國神社、日本要成為聯合國安理會
常任理事國、中日的一些領土爭執問題等。根據該報駐東京
特派員符祝慧的報導，日本《讀賣新聞》認為新加入教科書
行列的《新歷史教科書》屬於日本內政問題，不容他國干涉。
《東京新聞》建議建立審查教科書的第三權力機制。《朝日

新聞》認為，這一教科書並未平衡問題，正如四年前它通過時一樣，無法主張推薦給學校。

美英媒體則將中日關係惡化的重點，放在日本要成為聯合國安理會常任理事國這件事上來看。對此，中國社科院世界經濟政治研究所研究員薛力建議，中國也要為日本進入聯合國安理會常任理事國的可能性做出最低限度的準備，包括：要求日本首相停止參拜靖國神社，或把 14 個甲級戰犯「牌位」移出靖國神社；日本通過正式法案將台灣地區排除出「周邊事態法」等相關法律文件，或美國在涉入台海問題時，不得使用日本軍事基地；中日韓三國對歷史問題達成協議：日本就二戰侵略向中韓兩國表示正式謝罪；中日達成協議，對於現實或未來的領土、島嶼爭端，採用和平方式解決，不謀求單方面改變現狀；中日簽署東海資源聯合開發協議；中日韓就三國聯合編撰歷史教科書達成協議等等。

## 破解西方傳媒的宣傳戰

意識形態一直被視為保持國家主權和維護國家利益的關鍵價值觀。筆者認為俄羅斯學者十餘年來對蘇聯解體進行的反思相當深刻，例如：俄羅斯學者謝・卡拉・穆爾扎認為，任何極權人士哪怕打著民主旗號，自以為獲得授權去解救某些落後民族的劣根性，將會陷入對人類進行生物改造的計劃中。美國為了進行美式「民主自由」的人類改造工程，已經展開大量的信息輿論操控戰。因此，謝・卡拉・穆爾扎說：我們主要關心的對象是人，談的是用合法的、明

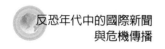
顯的、看得見、摸得著的手段對人的意識和行為進行操縱的
問題。

依據謝‧卡拉‧穆爾扎的觀點，意識形態是要解決具體
人的問題，而非對整個民族進行徹底的生物改造工程！另
外，俄羅斯學者亞歷山大‧季諾維也夫也提到蘇聯解體的原
因。他認為就是蘇聯強大的意識形態機器所宣傳的價值觀與
人們生存條件不一致，這個弱點被西方發現了，使得意識形
態反而成為蘇聯與西方對抗中最薄弱的環節！所以，中國媒
體在傳播過程當中所反映出的價值觀應與民眾實際生活問
題貼近且一致，如此應該是中國戰勝西方意識形態宣傳攻擊
的最佳方法！反日民眾遊行的報導不應當成為媒體報導的
禁區，反而我們應當把研究重點放到如何進行遊行的報導
上，現在綜合來看，如果政府的態度若有戰略縱深考量的
話，那麼中國媒體的表現則是毫無創新與實踐！

（本文於 2005 年 5 月 9 日刊登於《大公報》評論版）

# 十一　連戰為台爭取經濟地位

連戰用自己的行動來告訴台灣民眾，台灣除了選擇與大陸進行對抗之外，還可以有另外的選擇，那就是從實際出發，與大陸進行全面而實際的經貿接觸，這種接觸的最終目的有可能達到近似香港現在所爭取到的 CEPA 的地位。應該說這是台灣目前在還沒有加入任何區域經貿自由一體化的時候，在東亞地區可以取得的最好地位。

4 月 25 日新加坡《聯合早報》刊登出題為〈一改抨擊立場，連戰「登陸」阿扁「祝福」？〉的新聞，該文提出：台灣領導人陳水扁一改近日來對國民黨主席連戰「登陸」的抨擊態度，表示如果連戰和親民黨主席宋楚瑜一切依法行事，或許可以帶回第一手資訊，為兩岸發展投石問路，對兩人因此可以給予「祝福」。分析家認為，陳水扁的態度發生 360 度轉彎與美國的壓力有關。同時，大陸《人民日報》網站宣稱，4 月 26 日該網站將會在連戰到大陸訪問的當天進行網絡的全程跟蹤訪問，為此，人民網開闢了專門的網頁與網友互動的專區。另外，人民網還刊登了一則非常有意思的新聞，就是為了連戰訪問大陸一事，台灣的老政客李登輝失眠了。

## 連戰曾被台媒體排擠

在一般台灣民眾的眼裡，連戰似乎不是一個很討人喜歡的政治人物。確實，連戰在接受台灣記者採訪的時候，首先

並不喜歡透露太多的新聞給記者，這使得台灣記者很難向媒體老闆交差。另外，連戰喜歡記者在採訪時能夠非常的守分寸，保持兩者之間應有的禮貌，但在台灣現在媒體惡質化競爭的時代，記者經常是以衝撞為代價而獲得採訪的機會，最後記者以獲得獨家採訪的機會為榮。連戰的這些性格在他還是執政者的身份時，出訪東歐一個國家時就可以看到，當時該國的海關人員要進行身體上的檢查，而當時連戰非常機敏的躲開，並要求該國應當以國際禮儀來對待，最後在雙方外交官的磋商下，該國決定給連戰以相當的國際禮儀。同樣，這次在連站訪問大陸時，相關媒體報導，連戰的隨身護衛在隨團進入大陸的時候享有持槍的待遇，看來大陸政府對於連戰的這一點個性是有相當的了解的。

據台灣資深媒體人陳文茜在台灣中視的《文茜小妹大》節目當中表示：台灣的民進黨執政之後，陳水扁一直在進行另外一種意識形態的宣傳，那就是台灣只有跟隨陳水扁，跟隨陳水扁的「台獨」路線，才能取得成功。而此時的在野黨也陷入另外的迷思，那就是如果反對陳水扁的宣傳，就會被扣上紅帽子或者被抹黑。在過去 5 年間與大陸交往成為選舉票房的毒藥，儘管台灣的經濟一再衰退，反對大陸卻成為政治主流。人們恰恰忘卻了台灣同意統一的和同意獨立的人的兩極化比例是大致相當的，但現在台灣民眾卻只能聽到更多的獨立傾向的聲音，這是社會不協調的表現。現在，連戰在經過深刻的思考之後，決定站出來為台灣的經濟發展尋找另外一條途徑，他這次做出決定的背景與以前大不相同。

## 扁府控制媒體銀根

　　此時一向關心台灣問題的讀者會有一種霧裡看花的感覺，怎麼一向視搞「台獨」路線為民進黨發展唯一出路的陳水扁，開始一改往日蠻橫的作風，轉而向在野黨的行動表示「祝福」呢？難道是台灣的民意開始發生變化了，還是陳水扁改變了自己？據筆者看來，兩者都沒有太大的改變，改變的只是國民黨與親民黨領導人的政治行為。國民黨主席連戰只是用自己的行動來告訴台灣民眾，台灣除了選擇與大陸進行對抗之外，還可以有另外的選擇，那就是從實際出發，與大陸進行全面而實際的經貿接觸，這種接觸的最終目的有可能達到近似香港現在所爭取到的 CEPA 的地位。應該說這是台灣目前在還沒有加入任何區域經貿自由一體化的時候，在東亞地區可以取得的最好地位。但台灣要改變經貿地位的關鍵，現在看來並不在於阿扁的作為，因為人們所關注的焦點已經全部集中到連戰與宋楚瑜的大陸之行上來。

　　時任台灣當局行政院院長的連戰就與當時的財政部部長王建煊進行台灣進入世界貿易組織的運作，對於這樣的運作，台灣民眾並不十分知情，但台灣進入世界貿易組織對於台灣部分產業的衝擊卻被民進黨無限放大。例如當時最著名的就是台灣米酒漲價事件。米酒是台灣民眾的烹調必需品，在台灣進入冬季時，民眾有用米酒進行燉補的愛好，但在台灣進入世界貿易組織之後，台灣的米酒就會由原來的二十元台幣變為近一百二十元台幣，米酒連續漲那麼多倍，這成為台灣民眾難以承受的心理價格。最後民進黨就以「連米酒都

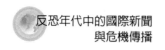
處理不好的政黨就應當下台」為政治宣傳，該競選廣告成功
地打擊了國民黨的競選士氣。

2000 年民進黨上台之後，還反過來挖苦國民黨，嘲諷
說都是米酒惹的禍。應該說，連戰帶領台灣「入世」的運作
基本上還是具有相當戰略格局的。對於這一點，筆者曾在
1998 年到台灣參訪時有了深刻的體驗，當時在連戰的報告
當中更多的表現了他對於台灣經濟發展的設想，當時在台灣
新聞當中卻沒有發現相關的報導，而報導更加多的集中在記
者本人所謂獨家採訪到連戰對於某件事情的片言隻語。對此
我深感可惜。現在台灣新聞對政治報導更加偏激，並且更加
依賴現政府，政府基本控制了整個媒體後面財團的銀根，台
灣媒體的獨立性受到了非常大的妨礙，這在國民黨執政期間
也是非常少見的。

## 未來台民意是觀察重點

台灣的李敖同時也認為，連戰的這次登陸訪問將會為台
灣人民提供另外一種選擇。陳水扁已經沒有選擇，因為台灣
經過近 5 年的發展後，發現「台獨」並沒有為台灣帶來榮譽
與和平，反倒使美國對於台灣的干預越來越深，台灣領導人
在政治上更加難以保持自己相對的獨立性，而台灣的獨立活
動的領導也只會每次聚集在大飯店當中開會研究未來的發
展方向。現在台灣需要另外一條道路、另外一個思路，而指
明道路的人就是連戰。

　　台灣現在同時出現了一個非常弔詭的現象，那就是同意連戰出訪的民眾佔六成，而反對的民眾佔四成。也就是說，台灣的基本教義派還是反對連戰出訪大陸的。但非常明顯，連戰這次訪問會為全體台灣民眾帶來利益，有什麼理由會讓台灣基本教義派反對呢？可以看出，台灣現在的民眾的政治取向還是以政黨為標誌，獨立與否並不是民眾關心的焦點，應該說在接下來的半年裡，將會是台灣整體民意取向的關鍵時間，如果台灣泛藍在經過登陸大陸風潮之後，能夠進行非常有效的整合，那麼台灣將會改變自去年「總統大選」之後所形成的五五波對決的態勢，將會掌握未來台灣整體的經濟走勢。

（本文於 2005 年 4 月 28 日刊登於《大公報》評論版）

# 十二　烏傳媒在大選中分裂

　　在上個世紀末，烏克蘭開始全面與俄羅斯結盟，但之前親美政策下培養的民眾的親美情緒並沒有隨時間而消失，這次烏克蘭媒體人的分裂是其外交政策搖擺的必然結果。烏克蘭媒體記者的言論標準一般都是依據美國媒體發展的現狀而定，這些記者經常接受美國媒體組織的支持，經常到美國學習，這使得烏克蘭媒體基層與中層的記者編輯的思想與高層和政府的思想完全不統一，現在發生在烏克蘭的混亂只是烏克蘭領導失策的一次集中體驗。

　　烏克蘭社會目前正陷入了一場敵我情緒對立的危機當中，政府派總統候選人亞努科維奇在選舉後以不到三個百分點的差距領先反對黨「我們的烏克蘭」候選人尤先科，尤先科以選舉舞弊為名與政府進行全面抗衡。烏克蘭上議會的機關報《烏克蘭之聲》在 11 月 25 日當天沒有登載烏中央選委會承認亞努科維奇當選新總統的正式公告，只是刊載了選委會公布的最後選舉結果。無獨有偶，反對派電視台第五頻道報導指出：烏克蘭最高法院根據尤先科的上訴，宣布在選舉調查結果出爐以前選委會不得公告亞努科維奇當選總統。

　　在這次對抗當中，媒體人的態度在影響民眾意見方面具有至關重要的地位。烏克蘭各大媒體官方網站都非常密切關注選後情勢的發展以及市中心聚集幾十萬示威抗議的民眾行為。與此同時，烏克蘭國家電視一台內部的矛盾卻率先攤

牌，這主要是自由派與國家派媒體人在媒體發展方向上的分歧意見，終於在這次選舉後的分水嶺時期公開體現出來。自由派與國家派媒體路線之爭，事實上也反映了屆滿卸任總統庫奇馬在執政的十年間政策的搖擺。庫奇馬在執政的前半期採取親美親歐的政策，但在烏克蘭國內能源嚴重缺乏，在上個世紀末，烏克蘭開始全面與俄羅斯結盟，但之前親美政策下培養的民眾的親美情緒並沒有隨時間而消失，這次烏克蘭媒體人的分裂是其外交政策搖擺的必然結果。

## 國家電視台內部矛盾白熱化

烏克蘭內部的分裂首先反映在國家電視台領導層和編輯部對總統大選期間新聞報導的不同意見，在選委會公布選舉結果之後媒體內部的矛盾首先爆發出來。烏克蘭第一電視台的消息新聞節目有 14 名記者宣布罷工，這些記者認為在選舉之前他們多次與烏克蘭國家電視公司領導層溝通關於選舉期間新聞客觀性報導取向問題，在領導完全不採納的情況下，選擇在大選結果公布之後罷工抗議。罷工的記者們還表示，烏克蘭國家電視公司的高層，在這次選舉新聞報導過程中違反了烏克蘭法律保障民眾有完整了解公正、客觀、全面新聞的知情權利。

2002 年 2 月初，前總統庫奇馬簽署法律，確立了烏克蘭國家電視公司成為國家廣電事業集團領導公司的正式官方地位。2003 年 11 月 20 日，烏克蘭議會通過修正條款，確定國家電視公司與國家廣播公司總裁職務的任命必須由國家

領導人提名、議會表決通過才能生效。但是與此同時，廣播電視公司要設立一個由社會各界代表組成的公共執行委員會，負責節目政策的制定，而廣播電視公司的總裁則相當於公司管理的經理人。烏克蘭言論與信息自由委員會會長多門科則表示，在政府無錢進行媒體商業化的前提之下，這樣的措施比較有利於廣播電視公共化的發展。

　　然而，在烏克蘭 2004 年總統大選年的前夕，議會對國家廣播電視公司總裁行使同意權的做法，只能算是自由派與國家派在媒體發展上的一個妥協之舉，至少法律保障了國家元首對國家廣電事業的控制，但同時也賦予廣電公司在制定集團發展方針和組織經營管理上，有一個較為靈活與多元的協商空間。烏克蘭第一電視台記者對於電視台國家化就一直抱持反對的態度，這次電視台的內部矛盾開始公開化了。烏克蘭媒體記者的言論標準一般都是依據美國媒體發展的現狀而定，這些記者經常接受美國媒體組織的支持，經常到美國學習，這使得烏克蘭媒體基層與中層的記者編輯的思想與高層和政府的思想完全不統一，現在發生在烏克蘭的混亂只是烏克蘭領導失策的一次集中體驗。

## 反對派媒體與政府對立

　　反對派總統候選人尤先科的顧問團中，一名音樂製作人瓦卡爾丘克向烏克蘭記者喊話：「我想呼籲每一位有媒體接近權的記者，當你在說什麼或寫什麼的時候，請捫心自問，不要用話語隱藏自己的職業道德和工作，現在不是談工作的

時候，我們所有人都處在社會國家的罷工期，我們誰也不能正常工作。記者必須與人民站在一起，請與人民站在一起，就如同我的音樂工作夥伴，和許多其他人一樣，請你們發揮勇敢精神捍衛人民的利益，因為你們是世界上最自由的人，全世界都在看你們的表現。」瓦卡爾丘克的呼籲似乎與罷工記者前後呼應。

反對派媒體的代表就是第五頻道，第五頻道為了支持尤先科，已經與政府當局的關係瀕臨崩潰。第五頻道的 25 日報導指出，俄羅斯特種部隊已抵達烏克蘭首都基輔。後來烏克蘭內務部社會信息局官員否認了這一則報導，並要求媒體不要散布不實的信息，以免誤導大眾認為烏克蘭即將進入暴動，內務部斥責傳媒增加社會不安的動盪情緒。即將卸任總統庫奇馬指責第五頻道的報導試圖改變政局為反對派提供談判籌碼。11 月 26 日，國家廣電委員會召開緊急會議，討論將封鎖第五頻道和紀元電視台，政府這一舉措正式向反對派電視台施壓。政府與第五頻道的對立情緒逐漸升高。在 10 月 31 日的第一輪投票後，國家廣電委員會認為，該電視台在節目中放縱政治人物預測尤先科將勝出的消息，因此決定採取法律途徑要撤銷該電視台的播出執照，政府釋放這一信息之後立刻引發 11 月 2 日該電視台記者進行絕食抗議，抗議理由是政府打壓電視台是為了避免尤先科當選。第五頻道於 2003 年創台，兩顆電視衛星發射覆蓋 1500 萬觀眾，是西方投資烏克蘭的商業電視台之一，其親西立場可想而知。

## 媒體成為政治鬥爭工具

事實上，總統和內務部指責媒體的報導不是沒有原因的，因為在烏克蘭的政治走向上，媒體比政府還要著急走西方路線，媒體人認為媒體事業發展必須要經歷西方市場自由化的道路，而烏政府為避免失去對傳媒的經營控制權，只能對媒體做出部分的妥協，例如國家廣電集團的國公合營共管的經營體制以及國商並存的傳播雙軌制體系。第五頻道是支持反對派總統候選人尤先科的自由派傳媒，這樣該電視台就會從美國在烏克蘭的跨國公司獲得大量商業廣告的播放權。

烏克蘭媒體在發展過程中失去了自身的特色，反對派媒體在選舉之前塑造反對派有絕對實力贏得選舉的印象，這樣即使反對派輸掉選舉，也會獲得執政黨的其他妥協。媒體為獲得自身商業利益和影響政局的影響力，卻儼然已成為烏克蘭政治鬥爭的工具。

（本文於 2004 年 11 月 30 日刊登於《大公報》評論版）

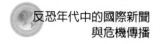

# 十三　國家意識薄弱吉國變天

　　吉爾吉斯國家對於媒體的培養是完全失調的，吉爾吉斯的大部分記者在大學畢業之後都會到國外進行免費的培訓，而這些記者並沒有建立符合吉爾吉斯國家利益的新聞觀，在吉爾吉斯報紙的銷售量也是非常少的。試想這樣的媒體發展水平如何能夠支撐一個國家的發展，這樣一個低水平的政府，如何能夠支撐一個處於非常重要戰略位置的國家。

　　2月27日吉爾吉斯經過議會選舉一個月之後，政府的反對派基本上在這次選舉中全面失利後，吉爾吉斯南部發生了騷亂，已經有兩個獨聯體國家因選舉而發生騷動並迫使政府開始變動，這次又發生政府更迭。在烏克蘭與格魯吉亞已經發生了徹底的變化，我們分別稱為「橙色革命」與「天鵝絨革命」。

## 俄報以「南北戰爭」為題

　　據筆者的觀察，發生在這三個國家的問題這基本上都屬於經濟都普遍不好，失業人口過高，這使得反對派很容易找到進行遊行的人員。另外美國對於這三個國家都是首先是採取利用國際組織的常設機構進行滲透，然後再親自派人員到該國家進行符合美國利益的活動。此時，這三個國家在面臨騷亂時，該國媒體都普遍參用一種親西方的態度。筆者在俄羅斯留學時，曾經與這些國家的很多記者有過交流，發現這

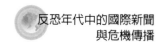
些國家的重要記者基本上都有到美國或者西方國家學習的
經驗，而且到這些國家基本上都是免費的。這些記者回來之
後，都對美國的民主自由的思想精神留下了非常深刻的印
象，對於前蘇聯以及後來的俄羅斯某些作為都產生了深惡痛
絕的感覺。

　　美國駐吉爾吉斯大使斯蒂芬·揚在向美國國會提交的關
於該國議會選舉期間局勢的報告中表明，美國在吉爾吉斯議
會選舉期間用於推動各項「民主」和支持反對派候選人的活
動方面已經花費 500 萬美元，報告還呼籲美國政府在支持吉
反對派方面再撥款 2500 萬美元。在這裡試想如果俄羅斯政
府也開始用更多的資金來支援吉爾吉斯那會如何？而且俄
羅斯一定已經這樣做了，但問題在於俄羅斯並不會用金錢來
支援反對派，在金錢進入現政府手中，現政府就一定會用這
些錢來維持舊政府中弊病，民眾一定會對此更加感到反感，
這使得美國可以用很小部分的錢就能達到事半功倍的效
果，俄羅斯只能作費力不討好缺乏戰略的投資。

## 選舉前媒體沉默

　　俄羅斯《獨立報》著名記者維克多里·邦費洛娃在 3 月
23 日的報導中就是用了〈吉爾吉斯的南北戰爭〉的標題，
該文章強調按照現在吉爾吉斯局勢的發展，阿卡耶夫的家庭
是不會受到侵犯的，總統阿卡耶夫正在與反對派進行談判，
按照現在局勢的發展，吉爾吉斯非常有可能會成立一個經過
選舉的名為「比什凱克人民議會」的新議會，總統會有可能

與反對派進行完全的分權。與吉爾吉斯相鄰的大國哈薩克斯坦國內媒體此時卻顯得非常安靜，如《哈薩克斯坦真理報》對於此事件基本上是沒有太多報導，哈薩克斯坦《報紙網》則一再報導，吉爾吉斯不可能進入緊急狀態，且政府是可以控制當前混亂的局勢的。總體來講，中亞其他國家真有種事不關己高高掛起的感覺。

　　吉爾吉斯的媒體在選舉前2月25日吉外交部長阿·艾特瑪托夫發表講話之後便處於沉默狀態，艾特瑪托夫在出席上海合作的會議期間對外宣布，吉爾吉斯不會重複所謂的「橙色革命」，也不存在發生任何有色革命的可能性和前提條件，他強調，吉爾吉斯的政局是「穩定的、平靜的和正常的」。但3月22日後，《吉爾吉斯時報》就開始發表與政府不一樣的評論，該報評論大約有三篇，他們分別為：吉爾吉斯到底發生了什麼？聯合國秘書長安南歡迎在吉爾吉斯各方所展開的談判、發生在吉爾吉斯的事件正在納入烏克蘭遊戲的軌道。

　　筆者認為相較於烏克蘭與格魯吉亞，吉爾吉斯整個處於比較不同的情境，首先在這個國家俄羅斯與中國在政治與經濟上對於該國的影響是非常大的，而西方國家當中只有土耳其有著較強的影響力。2001年筆者曾經到比什凱克參訪半個月，該城市的民眾給人的印象基本上是：這是一個非常平和的城市，但該城市的失業人口確實太多，首都幾乎沒有工廠是開工的，而該城市新建的建築基本上都是國際組織的駐地、西方國家的聯絡處或者供外國人住宿的旅館，因為整個首都最大的比什凱克飯店的服務水平，僅相當於中國的企業

招待所，只是該飯店的面積比較大而已，其他的飯店硬件與
軟件的水準則更低。

## 失業人口太多

　　3 月 22 日吉爾吉斯總統阿卡耶夫的發言人宣布：最近幾
個星期席捲全國的抗議活動是犯罪分子策劃的「政變」。發
言人同時還指出，與販毒黑手黨有勾結的犯罪分子完全控制
了奧什和賈拉拉巴德的局勢，他們正在竭力奪取政權。總統
阿卡耶夫在面對記者的訪問中提出：反對派正在企圖通過抗
議活動發動政變，反對派的行動得到了國外的指使和資助。

　　吉爾吉斯反對派之一的社會活動家別科納扎耶夫認
為：吉爾吉斯南部的大部分地區已經被「人民的力量」控制，
在這種情況之下，即使當局在比什凱克實行緊急狀態那也將
是毫無意義的，因為南部的 200 多萬居民早已對政府不滿，
這幾乎是吉爾吉斯全國人口的一半。

　　現在看來吉爾吉斯政局的發展基本上是 2003 年 2 月 2
日總統的信任和憲法修正案舉行全民公決的延續。當時有
212 萬選民參加了投票，這佔全部選民人數的 86％，其中
76％的人贊成通過憲法修正案，79％的人支持現任總統阿卡
耶夫到 2005 年 12 月任期屆滿時再卸任。憲法修正案的主要
內容是把吉爾吉斯從總統制國家改為總統和議會雙軌並行
的國家，並改兩院議會制為一院議會制，修正案消減總統的
部分權力和擴大政府、議會的權限。吉爾吉斯中央權力的下
放，實際上是對國內尖銳的社會政治矛盾做出的讓步，維持

現有政權的延續性，但這樣的讓步並沒有實現證據的真正穩定。吉爾吉斯現在大約有 3000 多個非政府組織，這使得社會秩序顯得比較混亂，一些地方和少數民族經常有不服從中央的行為。

## 民眾接觸外國免費雜誌

現在看來總統阿卡耶夫的執政有兩點是缺乏戰略性的。首先，他在執政後期基本上只追求執政的最低目標，就是堅持到任期結束，他希望在保證最低條件之下，政府能夠正常運行，但與此同時，他並沒有傾注太多的心力在培養自己的接班人上，總統阿卡耶夫在長期執政期間所形成的總統家族，已經成為吉爾吉斯民眾長期詬病的主要對象。其次，是吉爾吉斯國家對於媒體的培養是完全失調的，吉爾吉斯的大部分記者在大學畢業之後都會到國外進行免費的培訓，而這些記者並沒有建立符合吉爾吉斯國家利益的新聞觀，在吉爾吉斯報紙的銷售量也是非常少的，在首都民眾主要看的就是《比什凱克晚報》，但該報的印刷水平以及新聞事件報導基本上與莫斯科的社區報紙水平差不多，在中國只相當於大學校報的水平，試想這樣的媒體發展水平如何能夠支撐一個國家的發展，所以當地民眾更多的是接觸國際組織以及土耳其、美國、德國所派發的英文俄文免費雜誌，這樣一個低水平的政府如何能夠支撐一個處於非常重要戰略位置的國家。

吉爾吉斯的鄰國塔吉克斯坦儘管政府的執政能力非常的低，但俄羅斯已經完全介入塔吉克斯坦整個的政府、國防

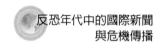
的運作。在 2001 年時，在俄羅斯獨立電視台的政論節目中
就有俄羅斯的一些政治分析家指出：俄羅斯現在將太多的金
錢投放到塔吉克斯坦的國防以及政府官員的培養上，事後普
京還在新聞稿中做出反擊，如果俄羅斯現在不投入精力到塔
吉克斯坦，屆時如果該國出現重大災難時，俄羅斯的國家安
全以及邊境就會出現中的漏洞，特別是阿富汗的毒品就會透
過塔吉克斯坦源源不斷來到莫斯科。

（本文於 2005 年 3 月 29 日刊登於《大公報》評論版）

# 十四 俄需要與鄰國團結協作

在 8 月間，中俄兩國之間有兩件事情最引人注目，首先據俄羅斯《獨立報》報導，俄將在 2007 年末至 2008 年初建立首批經濟特區，但數量不超過 10 個，這意味著俄羅斯部分地區開始學習中國建立經濟特區的經驗而建立俄式的自由經濟區；另外，8 月 18 日，中俄兩國共同舉行聯合軍事演習，很多分析人士認為這是中俄兩國關係邁向準聯盟關係的實質性步驟。但筆者認為俄羅斯在發展自身戰略夥伴的同時，俄羅斯更要先加強自身的意識形態的包容性，不然俄羅斯很難與其他國家共處。

## 構建俄羅斯模式

俄羅斯的官員與民眾是持完全不同的思維模式，而且兩者之間是欠缺溝通的，這種情況在蘇聯與俄羅斯時期是基本一致的。英國學者胡戈·賽湯華生在《衰落的俄羅斯帝國》一書中就指出：與別的國家不一樣，俄羅斯官員更多地自視為放牧人類的高級物種，而被放逐的人必需服從、有耐心，願意花幾個小時或幾天的時間等待一項決定，並遵守決定。

前美國駐俄羅斯大使館的經濟顧問約翰·布萊尼（John Blaney 2002 年，被任命為美國駐黎巴嫩大使）認為：在俄羅斯就像在下一盤三維棋，任何一級都有不同的規則和棋子，有時所有的規則都會變得不一樣。在俄羅斯只有一小部

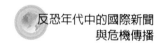
分的官員是非常靈活、果斷和主動的，在西方國家出入的俄羅斯官員和商人都是能力非常好和能把握自己的優秀者，但他們是少數中的少數，這種現象在蘇聯和俄羅斯聯邦兩個時期都沒有非常大的改變。蘇聯和俄羅斯的官員基本上都是寧可按部就班也不願主動和冒風險，因為對於他們來講，主動不會受到獎勵，這樣做的結果便形成了僵化、無能、懶惰、保守，和為了逃避責任而將大小事情都交給上級決定的工作態度，而且上級官員必須對於部下所犯的錯誤承擔一切後果。

如果說蘇聯還是意識形態的強國，那麼在葉利欽主政的俄羅斯時期，意識形態的管理僅能稱為意識形態的維繫而已，在這一時期俄羅斯再度出現了所謂的歐洲派、亞洲派和斯拉夫派三者發展方向的討論，以填補蘇聯解體之後所留下來的意識形態的問題。其實這三種模式在討論的時候並沒有看到俄羅斯發展中的特殊情況，這就是俄羅斯本身的戰略格局，這種戰略格局就是，俄羅斯的發展必需建立在自身意識形態的發展的基礎之上，不受西方國家的限制。

俄羅斯本身就可以成為獨立的區域主體，這使得俄羅斯統治階層產生可以不與他國交往的高姿態性格。首先，俄羅斯是一個資源大國，因而俄羅斯並不需要進口任何的資源；其次，俄羅斯本身的軍事可以保護自己的國家，它並沒有與其他國家進行結盟的需求；最後，俄羅斯的工廠由於其自身工廠設備系統的獨特性，這使得西方國家不能大量出口設備到俄羅斯，俄羅斯只需要西方國家的資金而已。

在 2000 年普京執政之後，筆者發現俄羅斯在實質的發展過程當中，並不存在所謂的三個發展方向，而需要建構「俄

羅斯模式」，這種模式必需要自創，不需要模仿。俄羅斯模式的實質就是俄羅斯在成為一個政治大國、資源大國的同時，還應該成為意識形態的大國，但這種意識形態的大國不是建立在本國內部的發展之上的，也不是通過刻意向其他各國輸出的方式而顯現出自己的強大或者自己的存在，這種意識形態首先是建立在二十一世紀信息戰中的軟件優勢，這種優勢就是要與全世界的人民共同享有自己國家的資源與文化，獨樂樂將會使俄羅斯被排除全球化之外，屆時俄羅斯只有選擇歐洲或者亞洲區域經濟體加入。

## 謀求內部整合

　　西方社會的部分研究者曾經有人斷言，俄羅斯的精神世界已經崩潰，其社會意識已等同奴隸的意識，俄羅斯人可以為美元去幹任何一切違法的事情；另外還有一些學者認為，俄羅斯應當成為西方國家的資源來源國，越來越小的俄羅斯對於西方國家而言是非常有利的，如何肢解俄羅斯成為西方國家政治研究中非常重要的一環。但這兩個普遍存在於西方國家的觀點充滿了矛盾之處，矛盾點在於如果第一個假設是事實的話，那麼肢解俄羅斯的前提就不成立了，因為所有的俄羅斯人都是唯利是圖的小人。這樣的國家就沒有任何希望，那又何必費力氣去肢解它呢？

　　美國學者布熱津斯基就曾講過：俄羅斯是一個戰敗的大國，它打輸了一場大仗。如果有人說：「這不是俄羅斯，而是蘇聯」，那是迴避了現實的說法。事實上那的確是俄羅斯，

只不過它曾叫過蘇聯而已。它曾向美國提出挑戰，結果它戰敗了。現在決不可以再把俄羅斯的強國之夢滋養起來，一定要把俄羅斯人的這種思維方式和愛好打掉⋯⋯俄羅斯應處於分裂狀態，時常受到來自西方國家的關照。美國前總統尼克松也認為：西方應該盡它的一切可能⋯⋯否則冷戰勝利有從美國和西方國家的手中溜走的危險，從而變為最終的失敗，蘇聯變為俄羅斯只是勝利的一小部分，冷戰最後的廝殺還要與俄羅斯決定勝負，這是一場無休止的賭局。美國前外長亨利·基辛格也曾講過：蘇聯解體無疑是當今最重要的事件，布什政府對這一事件的處理表現出高超的藝術。俄羅斯現在正在通過國內局部的戰爭和整合部分共和國出現的混亂來謀求重新的統一，從而使俄羅斯再次聯合成為牢固的、中央集權國家。另外英國前首相梅傑則說得更明白：蘇聯冷戰失敗之後，俄羅斯的任務是保證向富國提供資源，而這一任務只需 5000 萬到 6000 萬人就可以了。

## 從意識形態包容性入手

對於西方不斷壓縮俄羅斯的戰略空間，俄羅斯總統普京似乎已經做出了反應，這就是「國家間相互協作」。儘管獨聯體是俄保證世界廣大地區穩定的現實因素，但俄羅斯經濟新的向心力所在，並不僅僅是傳統意義上的獨聯體和歐洲。俄羅斯與歐盟在經濟領域的積極有效合作，並不能夠使得俄羅斯加入歐盟。普京提出歐洲是俄羅斯優先考慮的國家，以便俄羅斯與歐洲國家早日形成統一的經濟空間。這樣的觀念

是錯誤的！現在俄羅斯如果不馬上在周邊國家搞好團結協作的話，獨聯體也將會成為過去式。

顯然總統普京在 2002 年還沒有認識到相互協作的範圍應當是更為廣泛。如果簡單的把國家現有實力範圍劃分在獨立體，經濟聯繫的主要國家集中在歐洲的話，那麼，俄羅斯的整體的戰略範圍就非常局限了。而俄羅斯與其他周邊雙邊關係有一個非常簡單的邏輯模式：輸出先進武器就變為對自己的威脅，周邊國家只有歐洲國家（具體的說就是西歐國家）才是俄羅斯能源的買主，俄羅斯的任何文化是高於周邊國家的，俄羅斯在任何的經濟交往當中都應當是收益者，俄羅斯都應當是周邊國家的主導者，如果不是的話，就與其交往減少。

這都顯然是制約俄羅斯發展的因素，俄羅斯在現今的發展階段所急需的並不是資金，而是技術和設備。在這一方面，俄羅斯的東方鄰國中國在改革開放二十多年的時間內，已經積累了大量的經驗，另外在印度的近十年的發展當中，其在技術相對落後與資金還不是非常充裕的情況之下，印度已經成為軟件大國。對於這些，俄羅斯要從意識形態的包容性入手，即俄羅斯的媒體都應支持政府與中國、印度進行有效的交往，俄羅斯媒體人不要認為自己在西方國家資金支援下經常到美國與西歐，就認為自己就是歐洲人了，這是不負責任與短視的。現在看來，俄羅斯媒體整體都欠缺戰略格局。

（本文於 2005 年 8 月 25 日刊登於《大公報》評論版）

# 十五　俄羅斯傳媒的全球化進程

1. 新聞政策鬆綁媒體缺乏管理經驗。1987-1993 年，前蘇聯新聞媒體開始正式接受經典自由多元主義者的觀點，如彌爾的《論自由》開始在媒體人中深入紮根，但與此同時，與衝突批判學派的馬克思主義媒體人卻對此持反對的態度，自 1992 年俄羅斯聯邦成立之後，俄羅斯媒體發現媒體在獲得自由之後，卻沒有任何經營管理的經驗。

2. 媒體環境市場化與集團化運作。1994-1999 年，俄羅斯印刷媒體首先開始市場化的運營，此時的代表媒體為《獨立報》，《獨立報》為緩解政府對新聞自由的管制，而一度曾經在法國印刷增刊，1994 年底，俄羅斯銀行家與工業集團寡頭開始正式進入廣播電視和印刷媒體領域，而傳媒的管理模式皆以全球化普遍採用的大規模集團運營及並購的形式進行。

3. 媒體寡頭涉足國家通訊和能源產業。1997 年之後，俄羅斯政府認為媒體過度的全球化已經妨礙國家安全及經濟的發展，如媒體寡頭古辛斯基下屬的《橋媒體》的大部分資金已經轉移到英屬直布羅陀、以色列地區，在俄羅斯境內《橋媒體》只保留部分註冊資金及運作資金，《橋媒體》在擴張的同時已經不再滿足於表面的運作，它希望在國家通訊（如俄羅斯電報電話公司）、國家能源（如俄羅斯天然氣工業集團公司）等產業取得自己相應的地位。

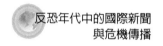
4. 整頓媒體市場中的資金運作。從二十世紀的九十年代至二十一世紀初期，俄羅斯媒介環境的特徵在於媒體政治化傳播體系的形成，它體現於政府強化在資訊空間中的領導地位，以及大量泛政治化資金投入媒體市場版塊。從葉利欽總統執政末期到普京總統執政初期，俄羅斯逐漸完成媒體國家化的過程，專業派媒體人在政權操控媒體所有權的情況下，仍繼續爭取新聞媒體自主權和獨立性的發揮空間，俄羅斯政府將在建立媒體公平競爭機制的傳播遊戲規則中扮演制高點的角色。

5. 再次開啟全球化進程。2000 年至 2003 年，普京在排除兩大媒體寡頭——古辛斯基與別列佐夫斯基對國家的干預之後之後，普京在賦予俄羅斯媒體自身的價值核心之後，2001 年之後，再次開始媒體的全球化進程，而此時媒體的全球化的主要體現是電視節目的多元化、娛樂化與專業化。（以黨為主分析，主要體現普京所進行的寧靜改革的內部表現）

（吳非 2003 年 12 月出席「數碼新聞、社會變遷與全球化」會議論文摘要）

# 十六　美漠視他國文化惹震怒

　　總體而言，穆斯林對美國的憎恨，來自美國對其他文化的漠視與傲慢，以及對他國主權的干涉，這些是以美國為中心論的單邊主義所造成的悲劇，責任應由美國布什政府來承擔，美官方不能將此事件完全歸咎媒體的公開報導。

　　5月9日，美國《新聞周刊》瞭望欄目中刊登了一篇通訊報導，題為〈基地摩：南方指揮司令部攤牌〉（Gitmo：SouthCom　Showdown）。在這篇報導中，其中一句話描述了美軍審訊官褻瀆《古蘭經》的情節，導致了從阿富汗引爆到其他穆斯林世界所有信眾的憤怒和抗議，結果在各地抗議的暴動中至少有15人喪生，上百人受傷。這股穆斯林的怒火一直延燒到美國，引起華府官員的高度緊張，美政府斥責該刊不應該在調查證實此事之前就報導這一消息。15日，《新聞周刊》編輯惠特克在考慮事態嚴峻之下緊急出面澄清說明，他說：「我們對報導中任何不準確之處表示道歉，並向由此事引發的騷亂受害者和受到牽連的美國士兵表達同情。」

　　對於《新聞周刊》報導美軍褻瀆《古蘭經》所引起的風波，我們一方面可從媒體監督政府失職的第四權角度來看。揭露政府弊病，是美國在都市化過程當中所賦予媒體新聞自由的同時所應承擔的重要社會責任，而有些國家在整個的國家進程當中比較缺乏都市化進程，所以這些國家比較少考慮新聞自由；另一方面，軍方虐俘醜聞錯在美國政府對此事調

查的延宕縱容。總體而言，穆斯林對美國的憎恨，來自美國
對其他文化的漠視與傲慢，以及對他國主權的干涉，這些是以
美國為中心論的單邊主義所造成的悲劇，責任應由美國布什政
府來承擔，美官方不能將此事件完全歸咎媒體的公開報導。

## 新聞周刊陷兩難境地

《新聞周刊》此時陷入尷尬境地至少有兩個層面：消息
來源的可信度與官方的公開批評。首先，《新聞周刊》引用
了匿名消息來源的說法，證明了管轄關塔那摩灣基地監獄的
南方指揮司令部確有一份備忘錄，詳細記錄了虐俘行為。撰
寫（Gitmo： SouthCom Showdown）的兩名資深記者：
調查性報導記者——麥可伊斯可夫和周刊國家安全特派記
者約翰巴瑞，他們曾經將草稿在刊登之前拿去給一名國防部
高級官員看，並且詢問報導是否正確。從媒體記者正確報導
的角度來看，《新聞周刊》仍做到不是空穴來風的新聞真實
性的專業追求。

但是問題出現在，當美國政府仍保持緘默以及不願意對
虐俘事件進行起訴之際，美政府基於國家安全考量是不會主
動將信息公開給媒體的。其次，這樣一來，控制消息來源的
政府，必定與媒體記者處於某種緊張對立的關係中。記者若
不能正式從當局口中證實消息的準確性，記者只好從相關的
官員當中來證實報導的可能性。這樣得出的報導，就面臨有
一些事件情節的不確定性。這是《新聞周刊》報導美軍虐俘
事件並且監督美國政府舉措的兩難困境。

　　《新聞周刊》的這篇報導指出，「關於調查美國在關塔那摩灣基地監獄中軍方在審訊過程中虐俘的事件，美調查人員證實了確有違法行為，據稱是去年底由美國聯邦調查局內部電子郵件中暴露出來此一信息。在許多先前尚未報導的案例中，消息來源告訴《新聞周刊》：審訊人員為了逼問嫌疑犯招供，把《古蘭經》沖進馬桶中，還用狗項圈與狗鏈子拴住一名監禁者。一名軍方發言人證實，10 名基地摩審訊官由於對待囚犯偏差而遭到懲戒。這些虐囚的偏差行為還包括了性騷擾，例如一名女性審訊者脫去上衣，坐在一名囚犯大腿上且上下其手，另一名女性審訊者甚至用手指沾著經血擦拭囚犯的臉頰。這些細節是由一名監獄翻譯人員在出版新書前夕所透露的。此外，《新聞周刊》還根據熟悉的消息來源指出，美方調查人員正在調查前基地摩指揮官米勒將軍，看他是否對虐囚事件知情，以及他是否曾經採取行動防範此類事件的發生。不過消息來源不願對米勒將軍是否涉案的調查報告發表任何評論。」

　　《新聞周刊》的某些虐囚細節的描述，從引發讀者對現場事件的連結角度而言，的確是讓讀者感受到彷彿當時記者就在現場看到此事的這般生動。不過褻瀆《古蘭經》必定引來穆斯林受害者同胞的羞憤！在穆斯林反美風潮此起彼落的浪潮中，《新聞周刊》卻未受到穆斯林的特別指責，無怪乎有人認為是《新聞周刊》刻意給布什政府添麻煩的陰謀論傳出。此時《新聞周刊》恐怕要在煽情報導與職業道德上做出進一步的檢討，在報導敏感議題上找出新的報導方法。

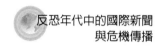
## 爆發報導風波的背景

　　《新聞周刊》在 5 月 17 日一篇〈怒火如何爆發〉（How
a Fire Broke out）的文章中提到，《新聞周刊》並非第
一家媒體報導褻瀆《古蘭經》的事件，去年在英國與俄羅斯
媒體都有相關的報導。難怪香港鳳凰衛視新聞報導曾用「倒
霉」一語形容該刊。事實上《新聞周刊》報導的時機正值阿
富汗政情最為複雜的時候，塔利班政權的殘餘勢力成為親美
卡扎伊當局的反對勢力。他們藉這次事件煽動穆斯林的大學
生發動「保衛聖書」的抗議活動，在卡扎伊出訪美國前夕製
造混亂，以打擊卡扎伊過於親美的行為。此外，阿富汗農民
賴以生存的經濟作物——罌粟，受到美國為防止海洛因出口
而削減產量的控制，無疑使戰後已陷入經濟困境的阿富汗更
加感到雪上加霜。

　　在這個戰火連綿、貧窮飢餓的國家，種植罌粟成為阿富
汗人民主要的生計來源，這已是不爭的事實。阿富汗事實上
早已成為恐怖主義的訓練場所，在塔利班政權執政時，利用
出口毒品獲取的資金來訓練伊斯蘭武裝分子。但是美國對阿
富汗的干涉行為，只會激起貧窮落後國家的民族主義情緒，
利用褻瀆《古蘭經》打擊俘虜也只會引起民族仇恨。

## 新聞周刊的危機處理

　　總體而言，《新聞周刊》並未採取解除報導者職務的激
烈手法，因為這樣做會打擊到該刊新聞工作者的士氣。再加
上《新聞周刊》在美國入侵伊拉克以來，一直都採取揭露軍

中弊端的態度，尖銳的調查性報導經常遭到布什政府與官方的指責。因此，《新聞周刊》不願意在此時被官方趁機打擊自己的報導信譽。因此，道歉的對象乃暴力受害者與美國士兵。當然這一事件引起美國媒體同業高度的關注，未來美國媒體會採取怎樣新聞報導的原則，還有待觀察。

（本文於 2005 年 5 月 26 日刊登於《大公報》評論版）

# 十七 美新聞自由現危險信號

　　據美聯社報導，在處理一名中情局特工身份洩漏事件的新聞調查中，《紐約時報》記者裘蒂絲·米勒因拒絕透露她的消息來源，因而被法官以藐視法庭罪名判處三個月的監禁。檢察官帕特里克·菲茨傑拉正在調查情報特工瓦萊麗·普拉梅身份曝光案。普拉梅的名字是在她的丈夫約瑟夫·威爾遜駁斥美國總統布什發動伊拉克戰爭部分理由之後，在專欄作家羅伯特·諾瓦克的一篇文章透露出來的。

## 記者保密被判監禁

　　法庭對米勒的監禁判決讓《紐約時報》編輯部及新聞組反應激烈，並認為這是美國新聞自由史上最黑暗的一天。美國全國新聞俱樂部與記者無國界組織均聲稱，對於一名記者恪守職業道德所作出的司法判決，是對世界新聞自由發出了一個危險的信號。

　　的確，自從在美國發生恐怖攻擊的「9·11」事件以來，布什政府出於國家安全的考量，就不斷地給美國媒體施壓。再加上一股愛國主義情緒在美新聞圈中瀰漫開來，任何試圖突破這種愛國主義氣氛的媒體，很容易陷入一種道德犯罪的情緒當中，這使得美國媒體在布什推動單極主義政策與美國國土安全的泛道德化中迷失了方向。那麼，記者在發揮監督政府政策、報導公眾事務與滿足公眾知情權的所謂社會公器

的作用時，到底應不應該享有特權呢？我們看到的是，美國公權力不但卯上了記者採集新聞與保密的權利，而且還是直接粗魯地對待媒體記者。

新聞記者保密特權的概念，是建立在採集新聞的過程中，記者從消息來源那裡所獲得的消息，包括記者的筆記、文件、照片、紀錄影片等具體內容，有不受外在強制力威脅而打擊到新聞業與信息公開所作出保密沉默的權利。因此，這裡涉及到記者工作時的職業操守、被報導者的機密權利與法院判決所採取的態度等等，三者之間的關係往往緊張且微妙。在米勒一案中，就涉及了美國政府、司法公權力、記者保密特權、公眾知情權利等多方的爭議。在這案例當中，美國憲法所賦予的各種公民權力，並不能很好地解決記者因保護消息來源而鋃鐺入獄的問題，還必須從美國當前環境背景與記者保密特權概念建立的關係來審慎看待。

二十世紀六十年代到七十年代初，美記者與新聞機構收到的傳票急遽增加，這使得記者保密特權成為一種迫切的需求。然而，記者的保密特權又觸犯了司法系統中公民有責任出庭作證的義務，以獲得案情所需的足夠證據。美國並沒有直接賦予記者憲法上保密的特權，但是多數州已經立法保護記者不受政府機構問訊透露消息來源的權利，以保障民主制度中記者在監督政府運作中所必須有的新聞採集權。記者若想從公民享有言論自由的憲法層面上謀求庇護，也是行不通的。

## 保密權的基礎是公眾利益

因此，在平衡司法權利、政府機密與記者權利的衝突中，關鍵在於誰能夠有足夠證據說服法官，讓他相信公開消息來源的公正性是否有存在的必要性。在 1980 年的西尼爾訴美國日刊案例中，華盛頓最高法院鼓勵了記者在某種情況之下的保密特權。判決說：考慮到現代社會複雜和發散的性質，公眾在代議民主制下作出明智決定的需要，和新聞記者將信息傳達給公眾與日俱增的重要性，我們認為從社會觀點來看記者在這一方面的權利應該一貫被鼓勵的。馬薩諸塞州承認記者特權並不是基於憲法第一修正案而來，而是基於一種社會正義原則。馬薩諸塞州最高法院在 1991 年時曾持這個觀點：新聞記者並不比其他公民多擁有一個具有憲法基礎的證據特權。但是我們承認，基於普通法的原則，否認大陪審團發給新聞記者傳票是符合正義的。因此在平衡司法判決需有完整證據與新聞自由的利益衝突中，法官不必侵犯記者的普通法特權。

一般而言，記者對消息來源的保密特權，是建立在消息是否與公眾利益有關，以及消息是否對國家安全、社會秩序、人民福祉產生立即且危險影響的基礎之上。也就是說，當記者為了商業利益與個人私利時就不存在這個特權了，法官有權保護當事人隱私權或其他憲法賦予的公民權利要求記者公開消息來源，以辨別消息的真偽。因此，面對政府、記者、公眾、個人的利益衝突時，司法體系的獨立性就相當關鍵。獨立的法官判決才能平衡這些利益與價值觀的衝突。

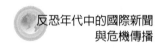

因此，當這些利益衝突時，誰能夠提供法官辨別信息真偽的
證據，誰就能夠勝出。

## 平衡利益的三個基本

因此，平衡利益三個基本的要點就是：信息相關性、消
息來源的替代性、公眾利益之需要。記者若要拒絕透露消息
來源且保護自己的職業特權，就必須說服法官有其他途徑可
以證明事件的相關性，以替代自己的消息來源成為唯一的證
據。同樣地，記者要求法官在讓他們出庭作證之前，以同樣
的標準要求政府證明，記者所擁有的相關證據是不能從其他
渠道得知的。對於法官要求記者作證的緊張關係，必須從以
上三點原則中作出緩和與妥協。否則就有司法體系利用自身
的行政裁量權的公權力迫害新聞自由之嫌！

「9‧11」事件後，布什政府以國家安全為由，經常對
媒體的爆料舉動作出反擊，特別是當政府機構人員將情報洩
漏給媒體之後，政府往往希望直接從記者口中，迅速得知洩
密者身份。從利益平衡的角度而言，這裡就產生了一個問
題：美政府是否有足夠的證據與充分的理由足以證明，必須
直接從記者口中揪出洩密者。反之，在國家安全的大前提之
下，記者是否有足夠證據與充分理由足以說明，為了監督政
府運行、滿足公眾知情權與捍衛記者特權的職業尊嚴之目
的，說服法官不透露消息來源，以維護民主制度的正義性。
此外，如果司法體系不從司法獨立、平衡社會利益的司法正
義出發，那麼就有可能淪為政府無限擴張公權力的打手。米

勒案也反映了美國已陷入發動戰爭之後導致社會價值體系混亂的惡果。美國媒體一貫堅持的報導獨立原則，似乎仍敵不過在戰爭中建構形成的愛國主義神壇。

（本文於 2005 年 7 月 27 日刊登於《大公報》評論版）

# 十八　美單極化破壞媒體發展

　　在華盛頓精英圈很流行的《旗幟周刊》（The Weekly Standard）曾發表了一篇具有政治指標影響力的文章，題為〈布什主義〉。此文認為，「世界已經是單極化而非多極化」，美國要奉行「承認單極化與保持這種單極化所必需的單邊主義政策」。那麼什麼是單邊主義呢？該文把布什政府的對外行動，特別是挑戰《反彈道導彈條約》與埋葬《京都議定書》當作最好註解，認為這些行動「從根本上重新闡述了美對外政策的方向」：「拒絕多邊束縛」和「恢復行動自由」。該文毫不諱言，美國就是要做當今世界的唯一霸主，「仁慈地」去統治世界。單邊主義是否是當今世界政治發展的主要潮流呢？答案應當是否定的。在這裡筆者否定的主要原因在於，美國將會為此付出巨大的代價，這樣的代價會破壞美國本身的自由民主精神，特別是媒體的民主性與公開化，美國媒體將會因為單邊主義而部分失去其在世界媒體所倡導的多元化思維。

## 平衡角色面臨危機

　　美國現在奉行單邊主義的主要目的就是要將美國變成一個完全的政治帝國，這正是美國政治精英所樂見的景象。美國一向以經濟立國，然而，是否會因為奉行單邊主義而破壞經濟自由呢？此時美國必須做出選擇，作為世界上唯一的

93

政治帝國，首先它必須要在美國本土內更加政治化，這與美國一直追求一種開明的文化帝國是完全背道而馳的，然後美國媒體要為一個日益政治化的美國宣傳，而誰來監督政治化的美國政府的行為呢？美國在推行單邊主義的過程中，媒體是沒有起到監督作用的。那麼，媒體是否會宣傳完政府政策後再否定後來被公眾認為錯誤的作為呢？媒體當然不會，因為這不符合媒體宣傳的基本特性，因此美國媒體的角色就是它正在為單邊主義背書。

美國學界認為，在長期的發展過程中媒體已經成為美國的第四權。而據筆者的長期觀察，美國媒體在政治的發展過程中經常會扮演一種「黏合劑」的角色。在美國三權分立的體制中，立法、行政、司法分別平均分配了美國的行政空間，但如果三方面發生了矛盾之後，美國的行政系統是否會陷入停止狀態或無休止的論戰狀態呢？此時媒體更多地扮演了平衡的角色，或者是大致評判的角色，當僵局解除之後，媒體會再次為盈利而奮鬥。在「水門事件」發生後，當時總統尼克松並沒有為自己的行為道歉，因為共和黨認為在大選當中，兩黨都有相互監聽的行為，只是在媒體大肆宣揚之後，尼克松本人已經被醜化，儘管後來尼克松也可以找到民主黨的監聽行為，但尼克松為了使美國兩黨政治免於陷入混亂狀態，最終決定引咎辭職。與其說媒體在水門事件後成為名副其實的「第四權」，不如說媒體是美國政治在最關鍵時刻當中的平衡工具。這次在布什推行單邊主義與 2004 年大選中，媒體這邊站的行為使得平衡角色面臨危機。

## 媒體日趨政治化

美國在推行單邊主義的過程當中，媒體必然成為美國政府任何單邊政策的傳聲筒，但政策的合理性卻因媒體的支持而缺乏監督。因為美國的對外政策主要是由白宮、五角大樓制定並完成，美國的立法系統缺乏必要監督的人才，此時，單向式的傳播方式會對媒體發生相當大的負面影響。事實上，西方媒體的發展必須建立在多元化的基礎之上，專業化與透明化的法律是媒體生存的必要條件。美國由於沒有太多的文化歷史包袱，這使得媒體的發展日趨多元化，各種信息的流通使美國的讀者群也變得更加專業化。國外的媒體經常報導很多美國的讀者對於別的國家的地理位置非常的不清楚，或者是對於本國總統不甚了解，但我們卻常常忽略美國讀者群的專業化趨勢，很多美國讀者非常關心自己周遭的相關事情，如美國南部的讀者對於農業問題就比較擅長，紐約的讀者對於金融問題就比較熟悉。

在單邊主義逐漸成為美國政治的主要趨勢之後，政治記者在媒體中的地位也變得越來越重要。現在美國媒體基本上完全為財團所有，並且媒體中一個非常不好的現象就是美國的政治新聞被一小撮政治記者所把持，而這些記者的觀點又常常左右美國政治的發展，尤其在大選中。由於布什與克里的選情一直處於膠著狀態，表面上看這是一場支持伊拉克戰爭與反戰的選舉，其實這更加是一場如何深入單邊主義的爭執。隨著選戰的日益激烈，單邊主義已經成為美國政治發展的必然趨勢，因為媒體在這裡不但沒有使美國的選民更加冷

靜，反而這場選戰變得更加商業化，選舉變為進入全家的肥
皂劇，它成為民眾在這期間生活的一部分。

## 媒體會失信於各國

上世紀八十年代，美國選民對於美國政治是失望的，對
於美國多元化社會而言，這基本上是一件好事情，因為對政
治的冷淡會使政治人物能始終保持一種冷靜的狀態，是因為
有一半的民眾對於共和黨或民主黨的任何一方都是持不滿
意或保持沉默的態度。同樣，此時媒體政治化在美國也是沒
有任何意義的，因為這並不會贏得大多數美國讀者的認同，
但現在則不同了。

《華盛頓郵報》的著名記者大衛‧布勞德就指出：美國
的政治是完全與分布在全國的 24 名記者緊密結合的，他們
長年累月地周遊在政治圈中，因而他們熟悉政治任務與運
作，甚至在黨的候選人尚未正式決定是否參加競選之前，這
些握有「生殺大權」的記者就會憑著自己的政治嗅覺，立即
宣布誰會成為未來總統職位的角逐者；當候選人宣布競選而
正式預選尚未拉開帷幕時，這些政治記者更是基於公共的或
是私人的民意測驗，以一種報賽馬的方式來報導選舉，這種
報導對於已經處於領先地位的候選人而言，自然會獲得更多
的財政捐款用於宣傳，而落後的候選人則往往翻身無望，他
們就成為媒體選舉篩選委員會的淘汰者。

部分美國記者在政治觀點上的偏激言論，將會引起世界
各國的強烈反彈，並且現在已經引起了部分反彈，但美國媒

體卻在為政府與部分記者的行為買單。美國政府執意奉行單
邊主義的發展趨勢，會使得媒體在經過幾百年發展過程中所
積累的民主化成果損失殆盡，並且最後還會失信於世界各國。

（本文於 2004 年 11 月 4 日刊登於《大公報》評論版）

反恐年代中的國際新聞
與危機傳播

# 十九　美國應理解中國崛起

　　神舟六號安全發射起飛，儘管載人進入太空並不是突破性的技術，但事實上已表明中國具備整合並持續發展太空技術的能力。面對崛起的中國，美國的外交、經濟政策又作何改變呢？

　　2005 年 10 月 12 日 9 時，在中國國家領導人的注目之下，中國神舟六號載人飛船安全發射起飛，這標誌著中國已經在太空領域全面接近美國和俄羅斯的水平。英國《簡氏防務周刊》太空領域分析家戴維·貝克認為：中國人應該為自己的成就感到自豪，因為這只有管理有序的發達國家才能完成這種任務。美國海軍軍事學院研究中國太空計劃的專家瓊·約翰遜認為，中國發射載人飛船後，成為第三個實現載人太空計劃的國家，儘管載人進入太空並不是突破性的技術，但事實上已表明中國具備整合並持續發展太空技術的能力。面對崛起的中國，美國的外交、經濟政策又作何改變呢？

## 台媒體為神六驕傲

　　當三年前，中國通過各種管道表達了和平崛起的想法之後，我們應當看到中國政府對於自己已經有了非常清醒的認識。儘管回顧之前中國一百多年的歷史時，很多中國人對於當時西方國家的所為還是非常不明所以的，但似乎中國政府已經接受了。在二次世界大戰之後，美國所宣揚的軍事征服

並不能為世界各國帶來繁榮昌盛的思想，而貿易一體化和高
科技不斷的更新才是長治久安的發展道路。在這樣一個輸出
一個接受的情況之下，美國政府的外交和經濟政策卻顯得相
互矛盾，甚至有時是不可理解的。一方面美國在兩岸政策上
的搖擺態度成為破壞兩國關係的定時炸彈，今年2月美國和
日本在「2+2」安全會議之後發表的聯合聲明中表示，華盛
頓和東京有鼓勵通過對話和平解決海峽兩岸相關問題的共
同戰略目標。對此中國政府已經做出了強烈的駁斥，如果說
兩岸關係中還存在美國因素的話，那麼日本只能是一個不穩
定的因素。日本對中國的侵略，使得台灣在清朝時期就被割
讓。當時在台灣還流傳這樣一個笑話，當時台灣人看到日本
人吃飯時，發現日本人是用木筒盛米飯，而當時台灣人是用
木筒盛大小便的，其中的笑話一直流傳到現今的很多台灣老
人家的口中。應該可以看出美國外交上的聯合只能使東亞的
局勢變得更為複雜，而日本也是沒有資格介入兩岸問題的。

對於這次在神舟六號載人飛船的新聞，台灣大多數的電
視台都給予非常顯著的報導，這與平時感官有非常大的不
同。平時台灣電視台更加關注的是大陸偷渡客或者轉播中央
電視台商品質量方面節目等新聞的報導，而且這些新聞報導
常常配上非常可怕的背景音樂，這使我們很多在台灣參訪的
學者常常感到非常的不舒服。這次台灣年代電視台在每個小
時的滾動新聞當中都對載人飛船進行詳細的追蹤報導，年代
電視台特點就是主播年輕、漂亮，但常常以所謂台灣主體性
為報導的主旋律。這次年代電視台對於載人飛船的後續效應
進行了詳細的分析，該報導指出，這次中國大陸將會有5億

觀眾收看現場的報導，在中央電視台播出的廣告每五秒的費用大約為 200 萬人民幣，神舟會造成大約價值為 1100 億人民幣的經濟效應。可以看出台灣的新聞人對於中國大陸所取得的成就所感到自豪感是不言而喻的。

　　10 月 6 日台灣《新新聞》周刊有一則專訪國策院院長田弘茂的文章。在專訪中田弘茂指出，中國崛起不僅影響國際權力結構、戰略資源的分配等等複雜的問題，而且還影響美國在中東的戰略。美國除了希望在中東取得軍事據點外，還希望像二戰結束之後美國在德國與日本成功施行民主進程一樣，美式民主能夠在中東安營紮寨，但現在美國在伊拉克戰爭結束之後卻面臨著一系列的難題，因而在這兩三年中美國面臨著是否從伊拉克撤軍的窘境。如果美國在伊拉克沒有治理好的情況下撤軍的話，美國的孤立主義勢必將會再次抬頭。

## 兩岸動武可能性降低

　　現在中國大陸已經釋放出善意，表示台灣可以以「Taiwan China」的名義加入世界衛生組織，因此在中國大陸不斷釋放出善意並大格局圍堵「台獨」的情況之下，兩岸動武的可能性正在降低，屆時美國就有可能不傾向與大陸對抗，屆時台灣「國防」布局就有調整必要。儘管在今日的台灣「外交」決策圈內田弘茂並不是主流，但台灣的決策圈有個非常有意思的現象，就是非主流的決策層往往會點出問題核心，決策圈一般只注重政策的執行力度。這些言論與筆者這十年間對於兩岸發展態勢的觀察是吻合的。當筆者還在莫

斯科留學時，即使到了李登輝訪美，大陸軍事演習階段，我
們對於兩岸的發展前景還是保持樂觀的看法。當在廈門的兩
年間，對於兩岸問題理解就變為對於閩南人的理解。只是當
在北京時就會感到部分的緊張，因為在北京媒體經常會出現
戰與和的論調，筆者認為這應當是被陳水扁或者是李登輝的
言論激怒所至。不過，以筆者在台灣的經驗而言，台灣的媒
體確實有一種自我為中心的弊端，尤其是最近幾年，台灣政
壇或者是媒體比較少出現海納百川的精神，有的只是所謂民
主的爭論。

## 中美精英應加強了解

美中關係全國委員會新任會長斯蒂芬‧歐倫斯在接受美
國網絡電視台採訪中就指出：中美關係在歷經 26 年的發展
之後，雙方的歧見和誤解仍然非常的深。應該說，稱王稱霸
並不是中國人的目標，中國人的目標是解決國計民生和達到
國內社會穩定的大問題，對於這一點很多美國人是不能夠理
解的。美國人在很多的問題上太注重利己主義，比如美國人
認為人民幣上漲就會促進美國的就業情況，如果中國購買美
國大公司就會影響美國的國家安全。但美國在這幾年的反恐
過程中，由於世界局勢不穩定而造成的高油價現象，美國卻
沒有任何的檢討，反而中國的加工企業卻要為此買單，中國
企業現在只好利用低工資和高科技的普及來消弭高價格資
源帶來的衝擊。

　　斯蒂芬・歐倫斯有一個觀點筆者是完全贊成的，歐倫斯認為兩國誤解的消弭必須要建立在兩國精英人士良好的溝通基礎之上，兩國的精英人士應當完全了解對方的思想和運作方式，然後再逐漸消除兩國間普遍存在的誤解。今年 11月，美國駐廣州總領事館項目官員韓敬彥、曹小君牽線，組織一場中國學者與美國知名學者間的視訊會議，費用則由美國方面負擔，可以看出美國現在已經部分開始關注中國的崛起，只是美國的高官們需要理解中國的崛起。就像國務院新聞辦主任趙啟正所出的書的題目《向世界說明中國——趙啟正演講談話錄》一樣，請美國開始理解中國的崛起。

　　（本文於 2005 年 10 月 14 日刊登於《大公報》評論版）

# 二十　隨軍記者粉飾戰爭行為

　　2003 年 3 月 18 日，美國總統布希單邊對伊宣戰，隨之採取了大規模隨軍記者的舉措，準備有計劃且有系統地報導美軍在伊拉克作戰的情況，試圖操控媒體輿論有利於己方。初期預計約有超過 600 名美國和來自世界各國的記者以及耗資一億美元用於新聞發布的費用，一起投入這場名為解放伊拉克的戰役當中。美政府一開始重視這場戰役的程度可想而知。大量佔據新聞版面篇幅的伊拉克戰事報導，是牽動美國國民支援美在伊扶植親美民主政權的強力號召。美國企圖保持在中東地區所有利益的目的昭然若揭。美對伊戰被美政府透過媒體塑造成「民主自由 vs 恐怖專制」的意識形態鬥爭。美政府一向利用傳媒進行崇高的思想宣傳以掩飾其控制中東地區與維護美國家利益的單邊行動野心。

## 美政府主導傳媒資訊戰

　　自從「9‧11」事件之後，美政府就直接將報復矛頭指向本‧拉登，不但將他定義為國際恐怖分子的頭號幫匪，並且先發制人打擊包庇本‧拉登和阿爾蓋達組織成員的塔利班政權和薩達姆政權。從此永久自由與解放伊拉克就成為美國在國際的宣傳號召。自由民主成為美國際宣傳的主旋律，為其出兵阿富汗和伊拉克尋求合理的藉口。打擊極權與專制成為美拓展單邊主義的訴求，伊拉克、伊朗、朝鮮被美定義為

發展核武的邪惡軸心國家。美國試圖完全主導與控制中東與
東北亞地區的戰略野心暴露無疑。美國有線電視新聞網CNN
擁有強大的國際新聞團隊，不斷地在為美政府單邊行動背
書，啟動向聽眾、觀眾發揮洗腦的作用。

　　美隨軍記者作為媒體的前線代表，無時無刻不與軍隊一
起生活、工作和並肩作戰，因此隨軍記者作為隨軍作戰的觀
察員，可以深入細膩且真實詳盡地報導本國軍隊的作戰狀況
或戰士平日的生活細節，這為聽眾與讀者提供了多樣、迅速
和詳實的戰地新聞。美國的社會大眾可因此成為戰爭發展的
評判者與觀察家，增加對本國政府發動戰爭的監督或支援，
從而增加了整體國民對戰爭進程的間接參與權利；同時也可
降低政府進行戰爭時可能產生的黑箱操作與一意孤行。反
之，記者同時能將來自國防部的態度或指示迅速傳達給軍
隊，反映作戰的機動性。

## 記者個人色彩過於濃厚

　　美國新聞部長懷特曼就表示了隨軍記者的重要功能，他
說：在作戰過程中，我們需要保持議題的真相，因為薩達姆
是個經驗老到的騙子，對抗他的詭計必須透過專業客觀的第
三者的報導。此外，懷特曼還同時強調，隨軍記者可彰顯美
軍專業良好的軍事訓練素養給世人看。對此，美國隨軍記者
的提倡者、前國防部公關室主任與新聞發言人維克多利·克
拉克認為，兩者都是隨軍記者的重要目的。一方面，世人應
當認識美軍將如何展現專業作戰的實力；另一方面，記者可

以擺脫以往戰地報導的諸多限制，有效且公開接近他們的報導物件，也就是本國的軍隊戰士。不過，密斯金、瑞勒與萊立克在《戰火中的傳媒》一書就指出隨軍記者可能有局限性，該書作者表示，1982 年英國與阿根廷的福克蘭群島爭奪戰，英國隨軍記者不但完全依賴軍隊在戰鬥時的安全庇護，而且還仰賴軍隊提供的食物、住所和消息交換。因此隨軍記者多半會對他們報導的戰士產生好感，使得記者報導英國戰士的偏愛之情溢於言表。美國傳播學者麥可‧普佛則認為，美國在伊拉克的隨軍記者不見得會完全正面報導隨軍部隊，但是平面媒體的隨軍記者在新聞報導的敘述結構上卻有所改變，例如文章的視野不夠寬廣，敘述結構不夠完整，內文經常出現斷章取義或信手拈來的插入語，似乎記者個人思想與見解過於濃厚，暴露報導觀點偏頗和消息來源不足的缺點。

　　事實上，英國被認為是第一個開放隨軍記者的國家。十九世紀末，在隨軍記者出現以前，英國報業的戰地新聞相當依賴軍方主動提供的消息，或者是報紙委託軍中戰士定期提供戰地報導。但由於受聘的戰士不懂得新聞寫法，身處戰地導致視野局限，并且軍人還帶有強烈的主觀色彩，再加上軍方提供的新聞經常迎合政府需求、宣揚軍隊威武以及隱瞞軍中弊端問題，導致戰地新聞通常缺乏前線軍隊作戰現況的真實反映。軍隊中弊端問題的存在甚至會打擊到作戰的實力與士氣，并不能使軍隊有效發揮扞衛國家利益的堅強力量。因此若沒有政府有效規劃隨軍記者的採訪，戰地記者本身也只能各顯本事，不是瞎子摸象自行規劃採訪路線，就是與軍隊拉近關係而得到採訪的許可，這樣被動的採訪既不客觀、也

不全面，整體缺乏系統的戰地報導也只能斷章取義，反而容
易扭曲事實的真相。

## 助軍隊長期駐伊拉克

早在 1854 年英國向俄國宣戰的克裏米亞戰爭中，倫敦
《泰晤士報》的隨軍記者拉塞爾就因為勇於揭露軍中弊端而
聞名。美國新聞學者約翰·霍恩博格在《西方新聞界的競爭》
一書中寫到：拉塞爾發現了部隊中存在醫療與營養補給不足
的問題，傷員和戰士因此處於極度的痛苦當中。結果報導一
出，輿論嘩然，英政府被迫撤換陸軍大臣，英軍醫療狀況得
以改善。南丁格爾也在拉塞爾報導的感召之下，作為第一代
隨軍女護士走上前線。時光進入二十一世紀，美國對伊戰爭
的初衷是不損一兵一卒而達到屈人之兵，以宣揚美國現代化
科技作戰的先進。2004 年年底，當美國防部長拉姆斯菲爾
德駐足在一座美駐伊營區時，就有一名戰士當面提問他：為
何政府不加強物資運輸軍車的防彈設備，致使許多美國軍人
輕易死於游擊叛軍的突襲炮擊之下。《時代周刊》就指出這
是某位原隨軍記者建議提出的問題。這個問題經媒體大肆披
露以後，才引發出一系列運輸車製造廠商與政府之間利益勾
結的問題。美國戰士安全問題也一下子浮出臺面。因此，隨
軍記者就維護士兵的利益而言，反而有助於美國政府適時解
決軍中弊端，反倒是有利於美軍長期駐伊作戰。

（本文於 2005 年 3 月 23 日刊登於《大公報》評論版）

# 二十一　美《新聞周刊》報導褻瀆
# 《古蘭經》產生風波[1]

　　2005 年 5 月 9 日，美國《新聞周刊》（Newsweek）「瞭望」（Periscope）專欄中刊登了一篇通訊報導，題為〈基地摩:南方指揮司令部攤牌〉（Gitmo：SouthCom Showdown）。在這篇報導中，其中一句話描述了美軍審訊官褻瀆古蘭經的情節，報導一出，導致了從阿富汗引爆到其他穆斯林世界所有信眾的憤怒和抗議，結果在阿富汗各地抗議的暴動中至少有 15 人喪生，上百人受傷。

　　這股穆斯林的怒火一直延燒到美國，引起華府官員的高度緊張，美政府斥責該刊不應該在調查證實此事之前就報導這一消息。5 月 15 日，《新聞周刊》編輯惠特克在考慮事態嚴峻之下緊急出面澄清說明，他說：「我們對報導中任何不準確之處表示道歉，並向由此事引發的騷亂受害者和受到牽連的美國士兵表達同情。」

　　然而，對於《新聞周刊》報導褻瀆古蘭經所引起的風波，可從兩方面看：一方面，可從媒體監督政府失職的第四權角度來看，因為揭露政府弊病是賦予媒體新聞自由所應承擔的社會責任，而有些國家在整個的國家進程當中比較缺乏都市化進程，所以這些國家比較少考慮新聞自由；

---

[1]　此文曾在中國大陸社會科學核心刊物《新聞知識》10 月號刊登。

另一方面，軍方虐俘醜聞錯在美國政府對此事調查的延宕縱容。總體而言，穆斯林對美國的憎恨，來自於美國對其他文化的漠視與傲慢，以及對他國主權的干涉，這些是以美國為中心論的單邊主義所造成的悲劇，責任應由美國布希政府來承擔，美國政府不能將此事件完全歸咎媒體的公開報導。

## 一、《新聞周刊》陷入兩難的尷尬境地

　　《新聞周刊》此時陷入尷尬境地至少有兩個層面：消息來源的可信度與官方的公開批評。首先，《新聞周刊》引用了匿名消息來源的說法，證明了管轄關塔那摩灣基地監獄的南方指揮司令部確有一份備忘錄，詳細紀錄了虐俘行為。撰寫（Gitmo： SouthCom Showdown）的兩名資深記者：調查性報導記者──麥可‧伊斯可夫和周刊國家安全特派記者約翰‧巴瑞，他們曾經將草稿在刊登之前拿去給一名國防部高級官員看，並且詢問報導是否正確。從媒體記者正確報導的角度來看，《新聞周刊》仍做到不是空穴來風的新聞真實性的專業追求。

　　但是問題出現在，當美國政府仍保持緘默以及不願意對虐俘事件進行起訴之際，美政府基於國家安全考量是不會主動將信息公開給媒體的。其次，這樣一來，控制消息來源的政府，必定與媒體記者處於某種緊張對立的關係中。記者若不能正式從當局口中證實消息的準確性，記者只好從相關的官員當中來證實報導的可能性。這樣得出的報導，就面臨有

一些事件情節的不確定性。這是《新聞周刊》報導美軍虐俘事件並且監督美國政府舉措的兩難困境。

　　據《新聞周刊》該篇報導，《新聞周刊》還根據熟悉的消息來源指出，美方調查人員正在調查前基地摩指揮官米勒將軍，看他是否對虐囚事件知情，以及他是否曾經採取行動防範此類事件的發生。不過消息來源不願對米勒將軍是否涉案的調查報告發表任何評論。

## 二、《新聞周刊》過於描述褻瀆細節

　　《新聞周刊》的這篇報導指出：「關於調查美國在關塔那摩灣基地監獄中軍方在審訊過程中虐俘的事件，美調查人員證實了確有違法行為，據稱是去年底由美國聯邦調查局內部電子郵件中暴露出來此一信息。在許多先前尚未報導的案例中，消息來源告訴《新聞周刊》：審訊人員為了逼問嫌疑犯招供，把古蘭經沖進馬桶中，還用狗項圈與狗鍊子拴住一名監禁者。一名軍方發言人證實，10 名基地摩審訊官由於對待囚犯偏差而遭到懲戒。這些虐囚的偏差行為還包括了性騷擾，例如一名女性審訊者脫去上衣，坐在一名囚犯大腿上且上下其手，另一名女性審訊者甚至用手指沾著經血擦拭囚犯的臉頰。這些細節是由一名監獄翻譯人員在出版新書前夕所透露的。」

　　《新聞周刊》的某些虐囚細節的描述，從引發讀者對現場事件的連結角度而言，的確是讓讀者感受到彷彿當時記者就在現場看到此事的這般深動。不過褻瀆古蘭經必定引來穆

斯林受害者同胞的羞憤！在穆斯林反美風潮此起彼落的浪
潮中，《新聞周刊》卻未受到穆斯林的特別指責，無怪乎有
人認為是《新聞周刊》刻意給布什政府添麻煩的陰謀論傳
出。此時《新聞周刊》恐怕要在煽情報導與職業道德上做出
進一步的檢討，在報導敏感議題上找出新的報導方法。

## 三、爆發報導風波的背景環境

《新聞周刊》在 5 月 17 日一篇〈怒火如何爆發〉（How
a Fire Broke out）的文章中提到，《新聞周刊》並非第一家
媒體報導褻瀆古蘭經的事件，去年在英國與俄羅斯媒體都有
相關的報導。難怪香港鳳凰衛視新聞報導曾用「倒楣」一語
形容該刊。《新聞周刊》的真正作用就是導火線的角色，點
燃了阿富汗累積已久的火山熔岩。

事實上，《新聞周刊》報導的時機正值阿富汗政情最為複
雜的時候，像是塔里班政權的殘餘勢力成為親美卡爾扎伊當局
的反對勢力。他們藉由這次事件煽動穆斯林的大學生發動「保
衛聖書」的抗議活動，在卡爾扎伊出訪美國前夕製造混亂，以
打擊卡扎伊過於親美的行為。這是美國駐軍阿富汗擾民的一次
大反彈。此外，阿富汗農民賴以生存的經濟作物──罌粟，受
到美國為防止海洛因出口而削減產量的控制，無疑是在本以
經濟窮困的阿富汗雪上加霜。

根據聯合國毒品控制計劃資料顯示，1999 年，阿富汗
全國 28 個省種植罌粟的總面積達到 9 萬 1000 公頃，總產量
為 4600 噸，其中包括了 450 噸海洛英，共佔世界總產量的

四分之三。阿富汗農民種植小麥每畝的收益是 107.3 美元，而種植罌粟收益則是每畝 1549.3 美元，因而在塔利班掌權後，農民紛紛轉以種植利潤丰厚的罌粟來維持生計。在這個戰火連綿、貧窮飢餓的國家，種植罌粟成為阿富汗人民主要的生計來源，這已是不爭的事實。阿富汗事實上早已成為恐怖主義的訓練場所，在塔利班政權執政時，利用出口毒品獲取的資金來訓練伊斯蘭武裝分子。但是美國對阿富汗進行的干涉行為，只會激起貧窮落後國家的民族主義，利用褻瀆古蘭經打擊俘虜也只會引起民族仇恨。

## 四、其他媒體對此一報導的看法

法新社記者克里斯托夫‧德羅克弗伊以「人們指責布什政府處理《新聞周刊》報導《古蘭經》被褻瀆一事做法虛偽」為題，該文作者認為美官方持雙重標準，因為布什從未因不準確情報去攻打伊拉克而道歉，沒有資格立場指責媒體的錯誤報導。德羅克弗伊還引用來自加州民主黨眾議員皮特‧斯塔克的話，形容美政府指責《新聞周刊》的行徑是「罐子嫌鍋黑」。

另外，法國《費加羅報》5 月 18 日一篇題為〈阿富汗騷亂：美國媒體坐上被告席〉的報導，指出《新聞周刊》一名記者對《洛杉磯時報》說，華盛頓的做法還有另一種解釋：美軍虐囚事件一直存在，現在他們想利用談論《新聞周刊》不負責任的行為，轉移人們的視線與模糊虐囚的焦點。媒體是很好的藉口，報導失實的醜聞已經損害其他媒體如《紐約時報》和哥倫比亞廣播公司的形象。

美國《洛杉磯時報》5 月 22 日報導認為，《新聞周刊》雖然撤回了這則報導，然而，有關褻瀆《古蘭經》的傳言並非空穴來風。人們只要查一下各次聽證會的紀錄、法庭紀錄、政府文件、各種採訪紀錄，就不難發現涉及褻瀆《古蘭經》的指控多達幾十次，不僅在關塔那摩灣基地，還發生在阿富汗和伊拉克控制的各個拘留所內。

## 五、《新聞周刊》的危機處理方式

《新聞周刊》首先採取危機處理的方式就是出面致歉，說明報導查證工作的始末，並且撤回該則報導。編輯惠特克於 15 日當天緊急出面澄清說明，他說：「我們對報導中任何不準確之處表示道歉，並向由此事引發的騷亂受害者和受到牽連的美國士兵表達同情。」《新聞周刊》聲稱，由於消息來源後來又不確定是在軍方報告還是在其他調查文件中或草稿中看到此事的敘述，因此造成《新聞周刊》目前只能表示：「像這樣的事情是否發生過，我們確實不知道。我們不是說它絕對發生過，但也不能說它絕對沒有發生過。」該刊編輯主任約翰米查姆說：「這則報導相當謹慎……我們會繼續報導此事。我們力求對事情來龍去脈保持透明，讓讀者來評判我們。」

其次，《新聞周刊》重新檢討匿名消息來源的制度。《新聞周刊》決定今後採取使用經過高級編輯審批的匿名消息來源，也就是總編輯、主編、執行主編能夠決定記者採用哪些匿名消息來源的文章能夠報導出來。這樣一來，避免消息來

源傳輸假的信息，並且避免記者誤解或濫用消息來源，再者，建立可靠的消息來源機制，可確保該刊新聞報導的正確性。從保護記者採訪權利而言，將來萬一進入司法程序，該刊也有穩定的立場支持報導的可性度。

　　第三，《新聞周刊》並未採取解除報導者職務的激烈手法，因為這樣做會打擊到該刊新聞工作者的士氣。再加上《新聞周刊》在美國入侵伊拉克以來，一直都採取揭露軍中弊端的態度，尖銳的調查性報導經常遭到布什政府與官方的指責，因此，《新聞周刊》不願意在此時被官方趁機打擊自己的報導信譽，因此，道歉的對象是暴力受害者與美國士兵。當然這一事件引起美國媒體同業高度的關注，未來美國媒體會採取怎樣新聞報導的原則，還有待於觀察。

## 參考資料

1.Gitmo  SouthCom  Showdown - Newsweek  Periscope - MSNBC_com.htm.

2.How a Fire Broke Out -2.htm

3.王道，美國政府操縱新聞自由，香港《大公報》，2005 年 5 月 23 日。

4.《參考消息》，2005 年 5 月 17 日、20 日、24 日。

5.胡逢瑛，阿富汗毒品困擾中亞各國，新加坡《聯合早報》，2001 年 11 月 29 日。

# 下　編

# 危機傳播與意識型態

# 二十二 車臣成俄意識形態芒刺

　　這次俄羅斯高加索地區又出事了！10 月 13 日凌晨來自車臣地區的恐怖分子分成六個小組分別向巴爾卡爾共和國首府卡巴爾達市的聯邦安全局、3 個警察局大樓、邊防團軍營、納爾奇克邊防隊、武器商店、監獄和機場等地方發動進攻，最後在俄羅斯特種部隊圍攻後，進攻已經被遏止。此次中文媒體幾乎都把焦點集中在事件本身的聳動性，因為這些事情對於長期處於和平環境的中國人來講是不可思議的。

## 分離分子意志堅決

　　筆者在此就想提出一個問題：為何在俄羅斯地區一而再再而三的發生類似的恐怖事件？華東師範大學俄羅斯研究中心主任馮紹雷在鳳凰衛視的採訪當中提出，為何俄羅斯政府不能夠採取比較懷柔的政策來對待高加索地區的恐怖分子？如果按照中國政治的傳統思維，解決種族問題激化的良方就是懷柔政策，但俄羅斯政府似乎并沒有採取這樣的政策，俄羅斯駐華使館官員似乎也證明瞭這樣的政策。俄羅斯現在正處於意識形態的空窗期，面對以宗教為背景的車臣分離分子，如果俄羅斯政府不能夠採取強硬手段進行解決的話，那麼，車臣分離分子的成功就會馬上影響到整個的俄羅斯地區。

　　美國卡耐基和平基金會俄羅斯和歐亞研究部研究員

Andrew Kuchines 在其《Russia after the fall》一書中就指出：蘇聯解體之後所發生車臣戰爭的根本原因並不複雜，也無需用深奧的陰謀理論來加以解釋。在世界的很多地方，一些民族團體或民族團體的強大勢力集團，試圖從國家的控制下分離出去，因而遭到這些國家的強烈抵制。在世界所有地方，這一問題的最終結果都將導致殘酷的戰爭，通常雙方都有極端的暴行。相對來說一國容許其法定的領土的一部分和平的分離出去的情況是非常不可能的，這當然不包括海外殖民地在內。

假設 Andrew Kuchines 所講的情況是完全正確的話，東歐各國的和平演變之後應該有很多場戰爭發生，蘇聯解體也應當會有一些加盟共和國之間發生戰爭。但事實卻是在蘇聯解體之前，由於蘇聯政府在公開性改革進行當中並沒有處理好民族問題，戰爭卻在解體之前提前爆發。這其中一個非常重要的問題在於俄羅斯的意識形態與車臣分離分子的意識形態誰會比較強硬。而直到現在為止，普京執政已經五年的時間，俄羅斯在這兩年經過經濟的高速增長之後，俄羅斯整體的意識形態還沒有確定，但那些分離分子的意志則非常堅決，而且有把整個車臣的亂局帶到整個高加索地區的架勢。

## 俄處於意識形態薄弱期

1999 年俄羅斯多數政要參加了在達沃斯舉辦的世界經濟論壇，在那次論壇上西方記者提出了一個非常經典的問題：Who is Mr. Putin？當時這個問題引來所有記者的掌聲，

而在場的俄羅斯的政要則滿臉的疑惑和不滿。2001 年底又是在這個論壇上，該名記者又提出了同樣的問題，但兩次確實決然不同的感覺。第一次應該是西方充滿了對於普京的不瞭解，但第二次提問則是在問普京的政治主張和對於意識形態的態度具體如何。

在俄羅斯的政壇上無論是俄羅斯共產黨的主席根納季久加諾夫、蘋果黨主席格裏高利亞夫林斯基、還是佛拉基米爾日裏諾夫斯基，他們的政治主張都是非常清楚的，或左或右、或者中間路線。但普京則非常特殊，普京本身不隸屬於任何的政黨，歷次總統選舉中他都是以獨立候選人的身份出現的，普京在任上的五年期間，沒有一次講話對於自己的政治和意識形態立場表達清楚，但在任何的講話當中普京都以不同的形式宣布自己對於國家的忠誠。這樣為普京在歷次的選舉中創造了非常大的優勢，他不僅得到了中間選民的支援，而且贏得了大部分右翼和左翼選民的支援。

在此我們需要注意觀察普京所宣揚的愛國主義和強大國家的憧憬，是建立在擁護民主和法制、維護俄羅斯國家安全和提高俄羅斯公民的生活水平的基礎之上的。那麼在蘇聯解體之後俄羅斯是否需要新的意識形態？應該承認蘇聯是一個意識形態濃厚的國家，蘇聯被稱為無產階級專政，把建設社會主義新社會作為自己的主要目標。在 1918 年通過的第一部蘇維埃憲法第 3 條就規定：俄羅斯蘇維埃社會主義聯邦共和國的基本任務，是建立社會主義的社會組織和爭取社會主義在所有國家的勝利。而在 1977 年通過的最後一部蘇維埃憲法中，世界革命的主題消失了，而變為社會主義在該

121

階段宣告順利建成，國家的基本任務變為：在馬克思、列寧
主義武裝的蘇聯共產黨的領導下，為共產主義的勝利鬥爭，
而蘇聯共產黨成為蘇聯社會的領導和主導力量，是社會政治
體系、國家和社會組織的核心。在這裏蘇聯政府在制定自己
的憲法時犯了一個基本錯誤，就是既然社會主義在蘇聯宣告
已經獲得成功，如果蘇聯共產黨還是國家的核心的話，那麼
在民眾的感官上來講蘇聯共產黨就成為一個比較講究享受
的政黨，而不是一個與民眾共同奮鬥的政黨。

對於這一點，許多的美國專家就有這樣的認識，美國媒
體記者兼蘇聯研究學者約翰薩特認為：共產主義意識形態為
自己的公民提供了一套嚴密而完整的理念，這使得最簡樸的
公民生活變得更加具有意義，共產主義是不能夠通過武器戰
勝的，小恩小惠是不能夠改變公民對於共產主義的信仰，但
如果找到另外的意識形態與之對立，那麼共產主義意識形態
就有可能變得無用。該學者還認為蘇聯共產主義的意識形態
不是被某種新的、強大有效的意識形態擊垮的，而是毀於社
會各階層對於政府官員無能的執政能力。民眾對於自己生活
的不滿，而導致對於馬克思列寧主義的整體進攻，但當共產
主義意識形態坍塌之後，俄羅斯的執政者才發現沒有任何一
種意識形態可以取代它的位置。

## 應尋找自己的支柱

俄羅斯是否需要一個全民族的或者是凝聚整個國家和
獨聯體的意識形態呢？俄《獨立報》專欄作家恩巴甫洛夫認

為，俄羅斯不能在沒有自己的意識形態的狀態下生存，俄羅斯應找到自己的支柱。每個文明、民族和國家都有自己的道路以及在精神、政治和其他關係中能夠使人們聯合為一個整體的東西。社會主義思想或者宗教思想在俄羅斯國家的發展中發揮了凝聚的作用，並時常賦予任何活動以意義，如果脫離了意識形態，俄羅斯人民將會無所適從，這將是俄羅斯人民的悲哀。從這個意義上說俄羅斯是個意識形態的國家，無論這種意識形態是什麼，俄羅斯政府必須有義務幫助國家建立一種有使命的思想，只有這樣才能維護俄羅斯的統一。 應該說，現在俄羅斯處於整體意識形態的轉型期，車臣分離分子潛在的威脅是俄羅斯政府無法妥協的根本原因。那麼，俄羅斯境內的恐怖事件是無法用安全部隊和情報人員來制止的。

（本文於 2005 年 10 月 18 日刊登於《大公報》評論版）

# 二十三　從 SARS 事件看中國媒體仲介現實世界的塑造
## ——以中央電視台（CCTV）例[2]

〔內容提要〕

　　大眾媒體在客觀現實的社會體系中扮演著各個階層、團體、組織與大眾之間仲介現實的角色，在抗 SARS 期間，政府與民眾對大眾媒介傳播資訊的依賴與日俱增，政府需要依賴中央媒體發布新聞，民眾也必須藉由媒體瞭解政府舉措，憑藉著大眾媒體「議題設置」和「守門把關」進行輿論調控的仲介現實世界塑造的功能，媒介與消息來源的關係被突顯出來，中國政府為了防範疫情蔓延而順勢建立了資訊公開機制，此間媒體需滿足民眾知情權利的社會責任問題也浮出臺面，中央電視台配合國家政策進行輿論調控的策略直接反應在處理 SARS 防疫的宣傳工作上，民調顯示輿論對政府能夠及時化危機為轉機的危機管理做法仍抱持肯定的態度，顯示了媒體包括中央電視台在內塑造了全國團結抗擊非典的媒介世界，轉移了民眾對病毒肆虐的外在客觀世界的注意力，而《CCTV-新聞》頻道的開播適時加入了抗 SARS 的戰役中，中央電視發揮了頻道資源整合的功能。

關鍵字：仲介現實、議題設置、守門把關、輿論調控、資訊公開

---

[2]　本文曾刊登於廈門大學 2003 年學報第 120－131 頁。

## 一、大眾媒體的仲介現實角色（mediated reality）

　　20 世紀美國著名的傳播學者李普曼（Walter Lippman）於 1922 年出版了《輿論學》一書，提出了「外在世界與吾人腦中的圖像」（The World Outside and the Pictures in Our Heads）的兩個世界理論，它意旨一個是獨立於人的意識體驗之外的客觀世界，另一個是人類自身體驗到的主觀世界。[3]

　　按李普曼兩個世界理論的觀點邏輯出發，當 20 世紀傳播科技被廣泛應用在人類的溝通生活中之後，媒介的大眾化與工具化更加深了虛擬化世界的擴大，因為大眾媒體扮演的是傳達資訊的仲介個體角色，媒體自身就以主觀意識來理解客觀環境的變化，媒體的報導實際上也構成了對複雜龐大的客觀環境塑造出一種媒介仲介現實的世界。就此一觀點而言，這裏就包括了外在客觀世界的真實、自我想象理解的真實世界和媒介仲介真實的世界。

　　歐洲傳播學者布蘭勒（Blumler） 強調了媒體提供資訊的仲介功能，他說：「在組成世界觀的資訊積木中……，傳播組織可能滋生出一系列的行動。[4]」從這個觀點而言，媒介組織進行觀察、描述、整理外部現實世界的資訊活動，可以拼湊出一幕幕虛幻現象的媒介世界，當仲介現實世界的資訊傳遞給受眾時，受眾對此媒介現象世界作出的反映，於是

---

[3] 張國良主編（2003）。20 世紀傳播經典文本，上海：復旦大學出版社，頁 128。

[4] Blumler J.（1977）. The Political Effects of Mass Communication, Open University Mass Communication and Society Course, Unit 8, Open University, p.24.

就充滿著真實世界、媒介現實世界和自我圖像世界的矛盾和
對立。

政治學家伊斯頓（Easton）把政治環境看作是一個輸入
（inputs）與輸出（outputs）迴圈性的政治系統，輸入是指
被統治者對政府當局的要求或支援；輸出是指政府當局的決
策、政策和服務，政治系統的持久性取決於統治者施政表現
和被統治者支援度的關係。[5]在政治社會體系中大眾媒體扮
演了仲介的角色，也就是在資訊傳播系統中，民眾意見的反
饋就是控制論中的重要概念，控制系統將資訊輸出後，資訊
作用的結果又將返回控制系統之內，並對控制系統再輸出發
生影響，而資訊在這種迴圈往返過程中，不斷改變內容，實
現控制。[6]

在中國政府擬定和推動抗擊 SARS 的舉措期間，強烈地
體現出大眾媒體深植於政治系統之內，一旦媒體被抽離了，
當今任何的政治活動將變得極難推動。[7]例如傳播學者戴逸
區（Deutsch）把政府與媒體之間的傳播鏈視為政府政策的
神經中樞，他認為唯有將所有關於政治活動的傳播行為模式

---

[5]　Easton, D.（1965）. A System Analysis of Political Life, New York：
Wiley.
Easton, D.（1965）. A Framework for Political Analysis, N.J.：
Prentice-Hall.
Easton, D.（1953）. An Approach to the Analysis of Political System,
New York：World Politics.

[6]　斯蒂文・小約翰，陳德民等譯，《傳播理論》，北京：中國社會科學院，
1999，頁 86。

[7]　Seymour-Ure, C. K.（1974）. The Political Impact of Mass Media,
Constable, London, p. 62.

化，才能有效控制傳播。[8]而中國政府掌握新聞發布權，因此政府重要資訊可以經由中央媒體的仲介功能向全國大眾公布或是透過新聞發布會、記者招待會宣讀和解釋政策，這裏的政治活動都已經是一種行為模式化的媒介仲介現實的政治再現（representation）。

媒介掌握了對符號意義的發言權和解釋權，傳播者利用語言符號來詮釋人類的社會活動，因此，揭露媒介對「他者」的「誤現」（misrepresentation）與「歧視」（discrimination），或是詮釋符號意義且展示符號背後的權利關係，這被稱為批判語言學（critical linguistics）或批判論述分析（critical discourse analysis）。

政府與民眾依賴媒介而產生互動，就媒介外部組織和內部組織關係而言，布蘭勒認為政府、法律、政黨、利益團體、社團機構、媒體組織、公眾之間的互動關係構成了政治傳播體系的主體，在整個媒介權力的傳播體系中呈現政府、媒體、受眾之間以及媒體組織內經營者、編輯、記者之間兩股互動的三角關係。[9]

## 二、大眾媒介可維護國家利益

SARS 的衝擊和負面影響多嚴重呢？2003 年 4 月 13 日，

---

[8]　Deutsch, Karl （1963）. The Nerves of Government： Models of Political Communication and Control, New York：Free Press.

[9]　Blumler, J. （1990）. Western European Perspectives on Political Communications： Structures and Dynanmics. European Journal of Communication, Vol.5, pp. 261-284。

溫家寶於在全國非典型肺炎防治工作會議上講到：「非典型
肺炎疫情的發生和蔓延，已經給我國旅遊、貿易、對外交往
和社會生活帶來一些負面影響。如果不採取堅決有力的措
施，控制住疫情蔓延，徹底消除疫病，還會給我國帶來更大
的危害和損失。搞好非典型肺炎防治工作，直接關係廣大人
民群眾的身體健康和生命安全，直接關係改革發展穩定的大
局，直接關係國家利益和我國國際形象」。[10]

　　當國內爆發重大的危難時，媒體必須要維護國家利益的
責任就會被突顯出來。在抗 SARS 的過程中，配合政府舉措
的是人民，唯有全民參與抗疫防疫工作才會有成效。SARS
在無預警的情況下爆發之後，病情擴散的事實已經證明，倘
若政府再不公開信息，任何防疫措施根本無法讓民眾來共同
配合，唯有透過媒體報導來教導民眾防疫知識，民眾才有辦
法瞭解疫情，且配合政府任何的防疫措施，例如：衛生單位
召開記者招待會澄清謠言、公布統一疫情變化數位、政府規
定隔離要求、呼籲民眾共同自我檢查、自我防護、提供公共
衛生常識等等。政府已在 SARS 危機中認識到，若無法處理
好疫情，中國的外交、內政、與經濟發展的工作就無法進展，
更遑論保持經濟增長了。中國國務院總理溫家寶就認為，
SARS 已經打擊到中國旅遊、貿易、對外交往、和社會生活，
也就是直接危害到民眾的身體健康和生命安全以及中國的
國際形象與整體國家利益。

---

[10]　〈溫家寶：加強領導落實責任 堅決打好非典防治硬仗〉，新華網
　　　2003，04，21。

就大眾媒體的社會責任而言，施蘭姆（Schramm）在 1964 所著的《大眾媒體與國家發展》（Mass media and national development）一書中從宏觀的角度提出媒體對國家發展的一些責任：（1）擴展民眾視野，前瞻未來生活景象；（2）加強公共宣導，讓民眾瞭解政府施政措施；（3）凝聚民眾共識，協助共同推動國家發展；（4）提高民眾抱負水準，以期改善目前生活；（5）擴大政治溝通，以制定周延的公共政策；（6）塑造社會規範，讓民眾可以共同遵守；（7）形成文化品味，提高大眾文化品味；（8）配合人際管道，強化傳播效果；（9）改變某些態度，以利國家發展。[11]

在抗擊 SARS 過程中，中央媒體發揮了宣傳政府舉措和凝聚全民共識的作用，維護了國家利益與國家發展，但媒介其他的社會功能並未能夠明顯展現。羅吉斯（Rogers）則從微觀的角度來說明大眾媒體在國家發展中所扮演的仲介變相（intervening variable），多項因素經過媒介傳播之後，就會產生一些移情的變化，諸如移情能力、創新程度、政治知識、成就需求和成就抱負等。[12] 羅吉斯較重視媒介的使用程度與個人成就的密切關係以及在國家發展中個人追求經濟、社會地位的角色。在這次 SARS 危急期間，個別倡議者的形象被突顯，民眾個人對媒介使用依賴的程度未被彰顯出來。

中國政府與民眾在抗 SARS 資訊傳播中對大眾媒介的依賴關係反映在媒介機構「議題設定功能」的輿論調控上。

---

[11] 林東泰，《大眾傳播理論》，臺北市：師大書苑，1999，頁 195－196。
[12] 同上，頁 200－201。

李普曼在《輿論學》第一章〈外在世界與吾人腦中的圖像〉（The World Outside and the Pictures in Our Heads） 也突顯了媒體新聞報導的議題設定功能。傳播學者麥康姆與蕭（McCombs M. E. & Shaw） 就提出了議題設置與輿論形成的必然關係，也就是廣播電視所作的議題處理和安排會影響閱聽大眾對當前社會議題的認知，使得受眾對各種社會議題作類似重要性先後秩序的排序。[13]

　　馬克思主義的媒體觀認為媒體並非是一個真正自主性的組織體系，而是統治階級用來控制意識形態的工具，它們所表現出來的所有權、法律規範、專業價值都是對主流意義的屈服，專業理念和工作實踐都是受到政治經濟力量所決定。根據馬克思的意識形態理論，語言符號決定了該社群的意識形態，只要掌握建構意識形態符號的管道－例如大眾傳播媒體，也就是一旦控制媒體的所有權就能控制媒體所製造出來的意識形態，然後就能調控塑造人們的主流價值觀。[14]

　　因此從馬克思主義出發，政府運用媒體操作輿論調控可以維護國家的利益。輿論傳播要遵循國家利益至上的原則：不得危害國家安全；不得泄漏國家機密；不得損害各民族人民和睦團結；重大突發事件的報導有利於維護社會安定、民心穩定等等[15]。

---

[13] McCombs M. E. & Shaw （1972）. The agenda-setting function of mass media. Public Opinion Quarterly, 36： 176-187.

[14] 林東泰，《大眾傳播理論》，臺北市：師大書苑，1999，頁 16。

[15] 廖永亮，《輿論調控學》，北京市：新華出版社，2003，頁 117。

美國的媒介批評家阿特休爾（Herbert Altschull）認為，媒介本身就可以是議程設置和守門把關的權力機構，他專門揭露資本主義傳播制度中自由專業主義理念的媒介人格獨立觀，以及挑戰馬克思媒體主義者持操控媒體所有權控制被統治階級意識型態的工具觀點，他在 1984 年的代表著作《權力的媒介》（Agents of Power）中提出的核心觀點就是：任何新聞媒介都是社會中政治的、經濟的權力代理機構。阿特休爾同時認為，《報業的四種理論》（Four Theories of the Press）[16]是冷戰思維的產物，無論資本主義和社會主義都是服務於社會主流意識型態。[17]那麼，主流意識的價值觀又是誰塑造的？阿特休爾認為是媒介機構發揮權力的作用。

就政府與媒體在國際事物中的關係而言，國家形象取決於其綜合國力與行為表現。大眾傳媒雖然不是傳播國家形象的唯一手段，但普遍性和持久性的特徵使媒介組織成為最有資格的首要傳播者。每一個發出資訊的國家系統最終組成國際社會系統。在這個系統中，國家系統面對的是外部國際社會、國際公眾或者說是他國公眾以及國際組織。[18]

---

[16] 1956 年傳播學者希伯特（Fred S. Siebert）、皮特遜（Theodore B. Peterson）與施拉姆（Wilbur Shramm）出版《報業的四種理論》（Four Theories of the Press）一書，社會責任論列為四大報業理論之一，而且調社會責任論將成為現代報業的必然趨勢，施拉姆於 1957 年再著《大眾傳播的責任》。此後社會責任論乃成為理想自由報業的燈塔。

[17] 張國良主編（2003）。《20 世紀傳播經典文本》，上海：復旦大學出版社，頁 486－487。

[18] 劉濟南等著，《國際傳播與國家形象》，北京：北京廣播學院，2002，頁 282～287。

## 三、大眾媒介與消息來源：
### 政府建立資訊公開制度，滿足民眾的知情權利

2003 年 4 月 2 日，國務院總理溫家寶主持召開了國務院常務會議，主要為研究非典型肺炎的防治工作，會中討論了《國務院 2003 年工作要點》，并且審議《中華人民共和國中醫藥條例（草案）》。該會議強調要把控制疫情作為當前衛生工作的重中之重；及時向世界衛生組織通報疫情；近日由衛生部舉行中外記者招待會，向社會公布疫情和預防控制措施；抓緊建立國家應對突發公共衛生事件的應急處理機制。[19]

就政府、媒介組織、受眾的資訊傳播關係而言，韋斯特裏和麥克萊恩（Westly and MacLean）於 1957 年提出一種平衡互動、共同認知的傳播情境模式概念，也就是當社會產生許多事件時，就會突顯出倡議者的地位，媒介組織會根據受眾需求，作出議題選擇和把關，受眾的意見反饋也是作為倡議者和媒介選擇議題的主要參考，倡議者在面臨多種社會事件時，會選擇一項優先處理的物件作為倡議的主題。韋斯特裏和麥克萊恩的模式比較偏重在政府、媒介組織、受眾處於一種平衡對等、獨立自主的基礎上來看待傳播生態環境和議題選擇的變化。[20]

---

[19] 〈溫家寶主持國務院常務會研究非典型肺炎防治〉，新華網，（2003-04-03 08：25：36）。

[20] 楊志弘／莫季雍譯，《傳播模式》第二版，臺北市：正中書局，1996，頁 49－57。（原文：Sven Windahl and Denis McQuail, Communication Models for the Study of Mass Communication, London： Longman，1982,1993）

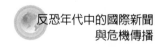
　　英國傳播學者吉博和強森（Gieber and Johnson 1961）運用韋斯特裏和麥克萊恩的守門概念，描述記者和府會消息來源的三種關係[21]：

　　模式 1：分離的消息來源

　消息來源　　　　　中央與地方政府各級單位、國會
　　　　　　管道：資訊流通傾向正式化
　　　　　　　　　和地方議會、軍警單位、法院
　傳播者　傳播者、媒體記者

　　模式 2：部分同化的消息來源

　消息來源

　傳播者

　　模式 3：完全同化的消息來源

　消息來源
　傳播者

---

[21] 楊志弘／莫季雍譯，《傳播模式》第二版，臺北市：正中書局，1996，頁 210－213。（原文：Sven Windahl and Denis McQuail, Communication Models for the Study of Mass Communication, London： Longman，1982,1993）

　　因此，根據吉博和強森的記者和府會消息來源的關係理論，可以歸結出三種關係，基本論述如下：

1. 分離的消息來源：政府機關與媒介機構處於較為疏離、不經常接觸的情形，政府與記者互動關係少，記者傳遞資訊的仲介角色被部分弱化，媒介等於是被動依賴而非主動獲取政府的消息，消息來源管道傾向正式化。

2. 部分同化的消息來源：記者與政府相互理解，互動關係良好的一種情況，雖然消息來源的政府握有提供資訊的主導權，記者也仍然依賴政府的資訊，但是平日雙方處於積極交流的狀態。媒介也多能滿足受眾的知情權利，提供一個比較積極的溝通平臺，也較能夠發揮監督政府怠惰行政的制衡功能。

3. 完全同化的消息來源：政府握有新聞發布權，本身握有媒體的經營權與管理權，記者獨立角色完全被若化，而另一種情況是不論經營權的問題，而是在緊急狀態時，政府直接召開新聞發布會或記者招待會，直接面向公眾公布消息。常態性的政府資訊公開制度可以增加透明度，但也不能以此藉口來弱化媒體獲取府會資訊的管道和監督政府的功能。

　　中國全國公關協會秘書長、中山大學專門研究傳播學和政府公關的廖為建教授認為，這是一個不可能存在資訊真空的年代。他建議政府處理突發事件的資訊披露時，可以考慮遵守三個原則：政府主動公布資訊、公布實情並且隨時向公眾說明舉措與效果。當媒介的消息來源被剝奪時，不確定性會導致人們更積極從非媒介資訊尋求資訊；中山大學郭巍清

教授表示，隨著社會管理的風險性和不確定性增加，只有建立完善的危機應對機制，把資訊公布納入制度軌道，才能解決政府和民眾面對這類突發性事件所受的困擾。

就廣州市爆發非典型肺炎的事件而言，民眾的知情權利也有法源可循：2002 年底廣州市政府常務會議上通過《廣州市政府資訊公開規定》第二章第九條第六款提到，公開義務人應當主動向社會公開當地重大突發事件的處理情況。[22] 遺憾的是，此一法源當時未被認真落實，造成了人們犧牲了寶貴的生命。SARS 危機暴露出的不僅是一個醫學和衛生的問題，還牽涉到種族安全、國家形象、經濟發展、公共衛生、公民權利、公民素質和人際關係等諸多因素。[23]

這次危機從中共黨中央和國務院重視的程度看來，可見今後中央至地方各級政府將建立符合世界處理危機的機制，建立政府、媒體與民眾關係的媒體公關機制，展現中國政府民主化改革的信念與決心，希望藉由建立中國資訊透明化的機制，穩定國內外投資者對中國的信心以及吸引有效資金不斷進入中國市場，而同時又不過分損害中國自身的國家利益。中共十六大召開之後，中央單位期盼在與西方經濟接軌的過程中，以及將來開放媒體市場的情況下，中國媒體仍能夠掌握絕大部分中國閱聽眾的市場版圖，就影響與獲取民意的條件基礎而言，這不但讓中國政府能夠有效控制有利於國家政策的言論與報導，使其符合國家安全利益，還能夠達

---

[22] 21 世紀環球報導，2003.2.17，第 5 版。

[23] 周海燕，〈不平靜的春天：數位化的 SARS 民情〉，《南方周末》，2003年 6 月 12 日，第五版。

到掌握市場的經濟效益，因為有受眾支援的媒體就有市場基礎，而掌控媒體的政權就有輿論調控的物件，如何有效發展政府、媒體、民眾之間的資訊傳播關係將是已加入世界貿易組織的中國政府必須面對的嚴峻考驗。

## 四、央視抗 SARS 的輿論調控和宣傳工作

廣播電視不僅是輿論形成的「媒介」（medium），更是輿論形成之「要素」（factor）。[24]《大不列顛百科全書》對「輿論」下了定義：必須有一個現實、有爭議的社會問題；必須有多數社會公眾對這個問題發表意見；在這些意見中，至少有某種的一致性；這種意見直接或間接地產生影響。[25]「調控」的意思包含了管理、規範；協調、指導；限制、監督。[26]中國宣傳部認為「輿論調控」指的是新聞輿論工作的宏觀管理，概念和基本方法來源於經濟工作宏觀管理的借鑒。[27]

「宣傳」就是對各種代表性符號的系統性操縱，譬如文字、手勢、標語、旗幟以及制服，便為改變、掌控、影響他人的態度、價值觀、信念即行動。依宣傳的來源可分為三種形式：「白色宣傳」是指分辨出宣傳訊息的消息來源與地方，它散布官方意見和出名的權威；「灰色宣傳」是指消息來源

---

[24] 張永明，《新聞傳播之自由與界限》，臺北市：永然文化，2000，頁 22。

[25] 廖永亮，《輿論調控學》，北京市：新華出版社，2003，頁 17。

[26] 同上，頁 8。

[27] 《中宣部幹部局：新時期宣傳思想工作》，北京：學習出版社，2001，頁 78。

無法辨識，資訊的正確性比較可疑；「黑色的宣傳」是指假的
訊息如謊言、捏造、詐欺被散播了，沒有任何來源被提及。[28]

中國目前尚未有專門的新聞傳播專法來規範協調政府
和媒體之間的關係，政府以制定行政法規的模式來處理與新
聞媒介相關的事務。2003 年 5 月 21 日，中國國務院透過新
華社公布施行《突發公共衛生事件應急條例》，新條例規定，
由衛生行政主管部門負責發布突發公共衛生事件的資訊，其
他任何單位和個人，包括新聞機構都無權發布突發公共衛生
事件的資訊。

中國政府目前已經有制定施行過關於各種天災人禍報
導的的行政法規，例如，1989 年的《傳染病防治法》第二十
三條規定：「國務院衛生部行政部門應當即時地如實通報和
公布疫情，并可以授權省、自治區、直轄市政府衛生部門即
時地如實通報和公布本行政區域的疫情」；1991 年的《防汛
條例》第二十八條規定：「電視、廣播、新聞單位應當根據
人民政府防汛指揮部提供的汛情，即時向公眾發布防汛資訊」

因此，政府針對傳染病疫情公布的權力都來自衛生部
門，任何單位包括新聞單位與個人在未經批准的情形下，不
准對外通報、公布和引用發表未經公布的傳染病疫情。這相
當於是對新聞媒介的禁止性規範。[29]這一新聞媒介的規範也
應用在處理 SARS 事件上，自 SARS 爆發後，為避免媒體競

---

[28] 佛瑞德裏克（Howard Frederick）著，《全球傳播與國際關係》陳建安
／譯，臺北市：揚智文化，1999，頁 321～322。
[29] 魏永征，《新聞傳播法教程》，北京市：中國人民大學出版社，2002，
頁 209。

爭的商業炒作造成多頭資訊導致民眾陷入恐慌當中，國務院規定中央對突發事件掌握唯一新聞的發布權[30]。

　　為應付各種宣傳的混亂，政府規定中央媒體作為政府資訊的宣傳管道。「在我國，重要宣傳工作要統一組織協調，國內突發事件對外報導要統一安排部屬。中央其他報紙和地方黨委機關報要即時刊發新華社的重要新聞，轉載《人民日報》的重要社論和文章。各地廣播電臺、電視台要以專用頻道完整轉載中央人民廣播電臺、中央電視台第一套節目。」[31]

　　中央媒體配合國家政策進行輿論調控的策略直接反應在央視處理 SARS 防疫的宣傳工作上，宣傳與調控的中心思想很明確：就是要營造一個團結和諧的社會氣氛，促使中國社會平穩、順利且快速地度過難關。國家媒體的工作就是要協助政府完成抗 SARS 的使命，因此，這次央視就扮演了維護國家安全和社會秩序、防止社會動亂或國際恐怖勢力趁虛而入的守門角色。

---

[30] 根據新加坡《聯合早報》2003 年 5 月 23 日新聞國際版的報導：中國國務院前天透過新華社公布施行的新條例規定，由衛生行政主管部門負責發布突發公共衛生事件的資訊，其他任何單位和個人，包括新聞機構都無權發布突發公共衛生事件的資訊。新華社的報導說，施行《突發公共衛生事件應急條例》，及時、準確、全面地發布突發事件資訊是「有效控制突發事件的一項積極主動的措施」它有利於緩解社會的緊張，消除公眾的恐懼；有利於發揮資訊主渠道的作用，消除謠傳的影響，穩定人心；有利於動員社會各部門和各方面力量協同行動，動員群眾參與控制工作；有利於國際間的資訊交流，學習經驗，汲取教訓，建立國際間的協作。

[31] 廖永亮，《輿論調控學》，北京市：新華出版社，2003，頁 192。

　　為配合中央呼籲全國民眾共同防疫作戰，央視遂打出一套抗 SARS 口號：「萬眾一心，眾志成城，同心協力，齊力斷金」。此一號召鏗鏘有勁，把國家媒體扮演貫徹中央政策的宣傳機器表現無疑，政府與媒體對疫情資訊進行輿情控制的有效把關，一方面，可滿足政府希望操控輿論、達到控制疫情有效傳播的目的，同樣地，民眾輿論反饋的內容，同樣也是被媒體主軸鎖定在對政府舉措正面支援的反應上，使社會輿情也成為政府塑造上下一心的輿論宣傳工具之一。

　　自從「防疫如作戰」的口號被提出之後，媒體向人民不斷傳達出全國正在進行一場沒有硝煙戰爭的堅定信念。中國孫子兵法中講到其中一項作戰的條件，就是要「令民與上意同也。固可與之死，可與之生，而不詭也」。中央媒體基本上是循這一方向來建立萬眾一心的意念，央視製作專題欄目和新聞聯播，讓媒體發揮聯繫人民意志和國家意志結合為一體的作用。

## （一）央視抗 SARS 特別欄目：輿論調控，塑造媒介仲介的現實世界

　　其中《東方時空》、《東方之子》、《時空聯機》、《焦點訪談》等曠日持久的欄目，早已深入老百姓家中多年，欄目每日播出，符合人們生活作息，主要是內容生動、人物互動性強，因此有穩定的收視群和口碑，其影響力是直接廣大的，今年 5 月 1 日開播的新聞頻道也開發了《央視論壇》（關注非典）《新聞會客室》（抗擊非典）、《共同關注》（進入隔離區）、《面對面》（人物專訪）等反映輿情、關注熱

典人物為主軸的全新欄目，這段期間央視全面製作專題，以刻化抗疫英雄人物的高尚情操贏得了民眾的認同，這種認同感安撫了社會的恐慌情緒。

央視欄目全程觀注非典，央視新聞頻道主播非典、重磅出擊聚焦時事，除了以上欄目特別製作專門探討非典，其他欄目如《文化報導》、《體育報導》、《財經報導》等也會關注此一領域中防治非典的話題。此外，央視 5 月 9 日晚上 8 點在中央電視台 10 頻道現場直播播出節目時長 120 分鐘大型特別節目《我們必勝》。節目以大量的社會資訊和感人故事展示出一場人民抗擊「非典」的豪情和行動，共同呼籲全國人民萬眾一心，同舟共濟贏得最後勝利。

央視能夠把人們對非典的恐慌焦點，移情為對前線抗疫醫護人員的贊揚和崇敬，媒體使人們情感有了歸宿，同時也讓人民獲得防疫的資訊，如此資訊傳播互動建構了全民同仇敵愾抗擊非典的共同意志，此時，國家意志與人民意志合而唯一，國家力量自然強大，克服全民公敵。

## （二）新聞聯播：議題設置，擔任宣傳機制

從政府正式面對 SARS 疫情之後，4 月份中央電視台新聞欄目《新聞聯播》有關非典型肺炎報導的新聞標題基本上可以分類如下：

1. 提出口號，號召抗 SARS：「危難之中眾志成城　全國人民齊心抗擊非典」、「堅決打贏『非典』防治硬仗」、「統一思想和行動齊心協力做好非典防治工作」、「團結一致同舟共濟　群防群治戰勝非典」、「戰勝一切艱難險阻　奪

取防治非典鬥爭最後勝利」、「運用科技力量 打贏非典
防治的攻堅戰」、「切實加強預防 做到有備無患」、「出
發 去最危險的地方」、「參戰在最光榮的一線」、「統
一戰線要為奪取抗擊非典鬥爭的勝利獻計出力」、「發揚
光榮傳統 站在時代前列」等等。

2. 讚揚前線醫護工作者，率先起義：「向偉大的白衣戰士致
敬」、「有疫情就有身影 北京 2500 名防「非典」隊員在
行動」、「白衣天使：危機時刻顯英雄本色」、「危難之際
顯本色」、「無私無畏的醫學專家姜素椿」、「悼念鄧練賢
眾志成城戰勝疫病」、「人民健康好衛士」、「戰鬥在抗擊
『非典』最前線」、「用生命譜寫抗擊『非典』的贊歌」、
「各地群眾立足崗位做貢獻 團結協作抗『非典』」、「奮
戰在抗擊『非典』第一線的醫務工作者」等等。

3. 強調政府的積極舉措，顯示危機處理能力：「溫家寶主持
召開國務院常務會議研究非典型肺炎防治工作」、「全國
交通等部門採取措施防止『非典』傳播」、「衛生部要求
各地準確上報非典型肺炎疫情」、「中共中央對衛生部、
北京市、海南省主要負責同志職務作出調整」 、「國務
院新聞辦就非典型肺炎防治舉行中外記者招待會」、「國
家投入專項資金 建設全國疾病預防控制機構」、「國務
院決定向部分省市派出『非典』督查組」、「保障防治
非典醫藥品供應電視電話會議」、「國務院關於『五一』
放假調休安排的通知」、「國家食品藥品監督管理局：建
立治療『非典』藥物審批綠色通道」、「國家發展和改革
委員會緊急部署開展全國防治非典型肺炎藥品和相關商

品市場價格專項檢查」、「溫家寶主持國務院常務會議　成
立國務院防治非典指揮部」、「衛生部要求非典疫情實行
日報告和零報告制度」、「國家批准第一個在高危人群臨
床試驗的防非典藥品」、「全國防非典指揮部成立　溫家
寶部署 10 項工作」、「新華社全文播發《中華人民共和
國傳染病防治法》」；「經中央軍委主席江澤民批准全軍
緊急選調醫護人員支援北京防治非典」、「《公眾預防傳
染性非典型肺炎指導原則》發布」等等。

4. 宣導預防 SARS 的醫療衛生知識，減少傳染機率：「養成
健康生活習慣非典並非不可預防」、「醫學專家解答群眾
關心的非典型肺炎防治知識」、「專家訪談：加強自我保
護　科學預防『非典』」、「『非典』防治小知識：醫學專
家提出辦公室預防『非典』注意事項」、「央視《健康之
路》將進行『非典』諮詢現場直播」、「防非典小知識：
戴口罩也有講究」、「專家提醒：注意兒童預防『非典』」
等等。

　　新聞聯播每日報導的數量基本上都是以 15 則新聞為基
準線，自 4 月 2 日到 20 日之間，關於非典型肺炎報導則數是
在 0～4 則之間，而自 4 月 21 日至 30 日之間則維持在 5～12
則之間，也就是報導數量和資訊內容隨著疫情發展到高峰階
段，關於非典報導的則數也逐漸增加到接近新聞飽和的情
況，報導整體上反應了事態的發展，有別於 2 月中至 4 月初
報導的刻意漠視。顯然，中共中央總書記胡錦濤於 3 月 28
日召開中共政治局會議，討論了《關於進一步改進會議和領
導同志活動新聞報導的意見》，以及中國總理溫家寶於 4 月

13 日在全國非典型肺炎防治工作會議的談話直接反應在中
央電視台處理新聞的態度上。

## 五、輿論對政府化危機為轉機抱持肯定態度

在資訊網路時代，受眾將在大量交錯充斥的資訊中，成
為政府執政的最終檢驗者。民眾雖然對政府隱瞞疫情有怨
言，內心也充滿了矛盾和逆反，但是不等於民眾完全不滿意
4 月份以後政府在疫情處理方面的執行能力，這反應在學界
的民意調查上。

根據南京大學與南京輿情調查分析中心於 5 月 1 至 6 日
針對北京、上海、南京、重慶和廣州五市 2064 位居民電話
問卷調查所作的輿情調查顯示： 81.2% 的公眾對中央政府
應變措施表示滿意和比較滿意，5.3% 不太滿意或不滿意；
對地方政府表現有 88.5% 受訪者表示滿意和比較滿意，3.8
% 不太滿意或不滿意。因此，民調顯示八成以上的民眾對政
府正面處理危機是感到是比較滿意的。

此外，有超過三分之二（67.9% ）的民眾認為，SARS
促使人們對人類生活方式進行了深刻省思；超過一半（56.3
% ）的人認為，對公共政策、醫療衛生政策和醫療科學事業
進行改善與發展；74% 的受訪者認為，SARS 雖是災難性事
件，但是仍有積極的一面。在新聞媒體強力介入並傳播政府
公開發布的資訊後，民眾的恐慌便很快的平靜下來。中國社
科院研究新聞研究所研究員陳力丹也指出，如果資訊能夠即
時公開，SARS 也許更快的遏止。總體來看，中國政府經受

住了 SARS 的考驗，剛完成新舊交替的中國政府在處理突發性災難事件方面的能力是完全可以信任的。[32]

因此，中共中央政府與媒體在這次 SARS 事件中也意識到，在危機時刻，控制疫情的蔓延就是最大程度的保障人權，就是一個負責任的政府對公眾人權的最大尊重，而且，媒體在新聞報導中如何樹立正確的符合時代特徵的人本意識，堅守人文立場，崇尚人文關懷，媒體未來之路仍是任重而道遠。

## 六、《CCTV-新聞》頻道開播適時強強加入抗 SARS 戰役

自 5 月 1 日起，甫開播的新聞頻道一下子推出了許多關於抗 SARS 為主軸的全新專題節目：包括了《央視論壇》（關注非典）、《新聞會客室》（抗擊非典）、《共同關注》（進入隔離區）、《面對面》（人物專訪）等反映輿情、關注熱典人物為主軸的專題欄目。央視新聞頻道開播的貢獻就在於：《CCTV-新聞》頻道即時參與了政府抗 SARS 的輿情宣傳工作，這段期間《CCTV-新聞》結合了央視各個頻道，全面製作 SARS 專題重磅出擊，使得民眾有了資訊暢通的最佳管道，央視頻道以刻化抗疫英雄人物的高尚情操贏得了民眾的認同，這種認同感安撫了社會的恐慌情緒。

---

[32] 周海燕，＜不平靜的春天：數位化的 SARS 民情＞，《南方周末》，2003年 6 月 12 日，第五版。

其中《面對面》節目主持人王志曾經在專訪北京人民醫院院長時提問了一個問題：為什麼沒能夠及早隔離，導致人民醫院整院最後成為隔離區。結果，主持人遭受到許多閱聽眾的批評，觀眾認為記者不應該提問這種帶有質疑正在前線防疫作戰且身心壓力都很大的醫護人員。另外，王志專訪北京新任市長王歧山時提問：萬一北京有成千上萬人感染SARS時，能有足夠的收容床位嗎？王歧山回答說：北京有上千個床位的醫院有 30 多家，況且到那時，說那話！這段專訪不但顯示了大陸民眾對醫護人員的愛護；以及北京市長言詞的氣魄與決心，例如北京小湯山醫院就在 10 天內建造完工；還顯示出了一個微妙的信號：就是記者本身的權威性和專業性，都在政府、媒體、受眾之間的互動關係中，倍受大陸受眾的檢驗。

值得注意的是，新聞頻道製作播出的《聲音》欄目，主題是讓民眾瞭解人大代表、政協委員的工作情況，可以看出中央政府也想藉媒體來監督一些政治權威機關的工作，新政府深知，若僅僅依賴政府監督政府機關，一定會延續官官相護的官僚作風，這對於新政府想建立廉能清明的政府和樹立中央政府的威信非常不利。此外，中央媒體也可發揮落實滿足民眾監視、監督政府的願望，媒體也可建立自己的社會威信，在未來以一種公器的機制協助民眾在未來逐漸能夠落實主權體政治參與的權利，不過在此新聞信念轉型的過程中，仍須待進一步整體政治氣候環境改變，才有實質民意監督政府工作落實的可能，但無庸置疑，此一欄目是體現了中國新聞理論轉型的具體實踐。《數位觀察》欄目在於建立協助形

成人民輿論，凝聚民意力量的社會公器機制，重視媒體反應
輿情、受眾資訊反饋的媒體接近使用的傳播機制。

## 七、結論

中國媒體在國家發生重大危難之際，展現了一種國有化
媒體資源豐沛和控制輿情的優越性，媒體塑造了一個仲介現
實的世界，轉移了民眾對病毒肆虐的外在客觀世界的注意
力，發揮了穩定社會民心的鎮定劑作用，然而，政府長期控
制資訊發布權和媒體經營權，實際上也突顯了政府對民眾危
機識別能力的不信任，以及國家推動政治體制轉型和新聞理
論轉軌的謹慎性與困難性。

然而，自從中央總書記胡錦濤提出「三貼近」的新聞指
導方針之後[33]，中國新聞改革仍有幾點創新性和突破性。而
中央電視台在 SARS 期間對外在客觀的疫情傳染環境和民
眾個人對疫情本身的認知或想像空間另外塑造了一個媒介
的仲介現實世界，中央電視台所發揮的媒介仲介功能可以歸
納總結為幾點：

---

[33]〈胡錦濤總書記主持召開中共中央政治局會議〉，新華網 ，http：
//www.xinhuanet.com， 2003，03，28 。「三貼近」是胡錦濤成為中共
政權領導人之後首先提出改革新聞的指導方針。3 月 28 日，中共中央
總書記胡錦濤召開中共政治局會議，討論了《關於進一步改進會議和
領導同志活動新聞報道的意見》，他指出：「...各級領導機關和領導幹
部要嚴格自律，自覺支援新聞媒體改進報道工作。新聞單位要堅持正
確的輿論導向，大力宣傳黨的理論路線方針政策，多報導對工作有指
導意義、群眾關心的內容，力求準確、鮮明、生動，努力使新聞報道
「貼近實際、貼近群眾、貼近生活」，更好地為人民服務、為社會主義
服務、為黨和國家工作大局服務。

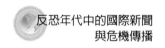
1. 央視再現媒介世界：央視掌握了政府資訊的發言權和詮釋權，把全國人民、政府和媒體從組織傳播體系結構內的「他者」關係塑造成「我群」關係，對立的不是政府與人民或政府與媒體，而是「SARS」v.s「全中國人民」。媒介呈現的是一個人民團結共同抗疫的團結社會。

2. 政府與民眾增加了對大眾媒介的依賴程度：在抗擊 SARS 期間，政府要依賴中央媒體發布新聞，包括公布政府舉措、最新疫情進展以及和 SARS 相關的訊息；而民眾也必須藉由媒體來瞭解政府政策、認識 SARS 疫情與獲取預防 SARS 的衛生知識，以及依賴媒體的仲介傳播功能知曉國內疫情是否得到有效控制，媒介塑造的仲介現實世界引導了民眾情緒，轉移了民眾對 SARS 本身可怕的注意力。

3. 政府建立資訊公開制度：SARS 這一公眾危機事件的爆發，促使了政府、媒體和民眾的資訊傳播關係重新獲得認知與排列，長期以來民眾對公眾事務知情權益受漠視的問題，也因 SARS 的爆發而浮上臺面。從廣州政府隱瞞疫情到中央政府公布資訊，中央政府以建立資訊公開制度的方式來重建公信力和重塑形象，利用媒體輿論調控和宣傳機制的功能，來凝具全民團結的力量以及消除民眾的恐懼。這次中央能夠及時化危機為轉機是值得全民稱許的作為，例如自 4 月 20 日起，央視開始每天實況轉播衛生部召開中外記者招待會的情形，為媒體常態性報導政府公開信息的模式奠定了基礎，這是推進中國大陸新聞理論走向融入世界新聞規律一支的重要關鍵。

4. 民意肯定，民眾知情權漸受重視，民調顯示多數民眾對新政府在遏止疫情繼續擴大之關鍵時刻的危機處理能力表示肯定，雖然如此，媒體與政府之間的資訊互動關係仍處在一個比較公式和疏離的情況。關於媒體獲取政府消息來源的管道暢通與民眾知情權利的落實問題，仍然具有努力發展的空間。未來一種政府必須公開信息和暢通媒體消息來源管道、媒體滿足受眾知曉公眾事務的需求以及受眾資訊反饋的資訊迴圈模式，將會是媒體建立社會公信力和維持組織生存的長久之計，就理想的自由多元主義者的觀點而言，政府、媒體、受眾之間在結構功能上應該維持一個比較互動且相互制衡的平衡關係。

5. 媒體成功進行議題設置與把關工作：中央媒體配合國家政策進行輿論調控的策略直接反應在央視處理 SARS 防疫的宣傳工作上，中國媒體宣傳與調控的中心思想很明確：就是要營造一個團結和諧的社會氣氛，促使中國社會平穩、順利且快速地度過難關。國家媒體的工作就是要協助政府完成抗 SARS 的使命，中央電視台在抗 SARS 期間，議題設置和宣傳策略基本上集中在「提出口號，號召抗 SARS」、「讚揚前線醫護工作者，率先起義」、「強調政府的積極舉措，顯示危機處理能力」、「宣導預防 SARS 的醫療衛生知識，減少傳染機率」等方面。因此，這次央視就扮演了維護國家安全、維持社會秩序、防止社會動亂，和預防國際恐怖勢力趁虛而入的把關者和守門人的角色。

6. 媒體消息來源管道將建立形成：這幾年來中國各地方媒體不斷進行縱向與橫向的資源整合，顯示地方媒體無不為佔

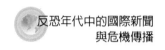
領媒體市場在累積實力，莫不對資訊市場開放而摩拳擦掌，全國媒體為開拓自由市場的開跑作出熱身，這種競爭壓力也同時反映在中央級全國性的中央電視台上，若是將來中央對新聞聯播全面解禁後，受眾是否還會繼續選擇央視新聞作為最權威的消息來源管道，也就是央視新聞是否仍能夠繼續對群眾發揮輿論影響最深的功能，是需要關注的議題，無論如何，《CCTV－新聞》頻道的誕生至少意味著中央媒體仍保持獲取政府消息來源的權威地位以及擔任處理突發事件、進行輿論調控的主要宣傳機制，中央電視台已經作出了鞏固國內新聞版圖和定位全球華人市場的初次嘗試，《CCTV-新聞》頻道是中國媒體落實新聞理論轉型以及與國際社會接軌的溝通平臺和窗口。

7. 奠定媒體頻道資源整合的模式：自從 2003 年 3 月 20 日伊拉克戰爭爆發之後，央視聯合了本身各個頻道的資源，對戰爭進行 24 小時滾動的直播報導，開闢專題節目追踪時事，并且邀請了多位學者專家全面解說討論戰爭動態，中央電視台首次嘗試以此種大規模的方式進行追踪國際重大事件，這個運作模式直接為《CCTV－新聞》頻道開播之後全面展開 SARS 媒體防疫宣傳戰和輿論調控，提供了技術和人力資源的整合基礎與實務經驗，央視新聞頻道與央視其他頻道首次把中央政府資訊公開制度、媒體報導公眾事務與公民知情權利平穩且適時地連結起來，央視頻道資源的整合可被視為成功地將國際事件的追踪報導模式，應用到處理國內重大的危機事件上來，這些突破性的資源整合和節目製作今後都將成為央視的常態性做法。

# 二十四　俄人質事件中電視媒體與總統電視演說的互動模式

　　2004 年 9 月 1 日，在俄羅斯聯邦境內南部的北奧塞梯共和國別斯蘭市第一中學，發生了舉世震驚的恐怖武裝蒙面分子挾持人質的悲劇事件，整個事件僵持了三天，一直到 9 月 3 日莫斯科夜間時間大約 11：30，才由這次行動總指揮官安德烈耶夫宣告鎮壓恐怖分子的攻堅行動基本結束。隨後緊接著俄羅斯安全部門展開了一系列清剿城內恐怖分子殘餘勢力的搜捕行動。與此同時，傷者的醫療救助工作也已經全面展開。對於這一緊急突發事件，本文要關注的主要對象是在人質事件發生後一直到結束的整個過程中，俄羅斯電視媒體與中央政府對這一極端恐怖事件的危機處理方式：其中包括了俄羅斯媒體對於反恐事件報導重申的原則，俄三大電視媒體在人質事件發生第一天的新聞收視狀況，中央政府在這次緊急危難事件中的媒體政策；俄羅斯聯邦總統普京電視傳播表演藝術行為，總統權力與政治溝通的語言藝術關係；以及普京總統所做的政治溝通行為的電視演說內容分析等。

## 一、俄媒體反恐公約的實踐

　　俄羅斯媒體在兩年前的人質事件之後即簽署了一份反恐公約，強調恐怖事件不能作為鉗制新聞自由的理由，但是

媒體之間要發揮自律的精神，遵守媒體一致簽署反恐公約救人與人權先於任何公民權利與言論自由的原則。根據俄羅斯生意人報紙報導[34]，這次，俄羅斯媒體工會還緊急在 9 月 1 日發表聲明，希望媒體能夠遵守兩年前媒體聯合簽署的反恐公約，並重申「在發生極端事件時，救人與保護生命的人權要先於任何其他權利與言論自由」。

對於俄羅斯媒體在三天人質事件中的表現，事實上，筆者也上網瀏覽俄羅斯的媒體網站，發現俄羅斯各大媒體網站都將人質事件放在第一關注的焦點，頭條加上醒目的照片，還有專題報導。可以說各媒體官方網站的主要頁面都是人質事件的連續報導，其中兩大國營聯邦級電視台俄羅斯第一電視台和俄羅斯電視台的網站上也都加設了許多視頻報導。

顯然地，相比於兩年前莫斯科劇院杜伯羅夫的人質事件而言，這次媒體與政府對於新聞處理的方式可以看出是經過仔細考量的。例如，俄羅斯媒體報導人質事件整體而言是及時、連續的，事實陳述多於評論，媒體加大了現場家屬的畫面。中央政府在這次事件中的媒體政策是採取部分資訊公開與放鬆媒體採訪權。由於這次俄政府讓現場封鎖線外的拍攝過程向記者開放，所以鳳凰衛視駐俄記者盧宇光說，在最後兩天集中了三百多家國際媒體記者在事件現場採訪報導，記者可以排隊等候將畫面上傳衛星[35]。

---

[34] （俄） Газета "КоммерсантЪ" №163（3002），03.09.04.（俄羅斯生意人報）

[35] 鳳凰網，2004 年 09 月 04 日 10：14。

　　相較於 2002 年的劇院人質事件，俄政府北高加索行動總部較為及時提供與更新人質數量的資訊也是比兩年前更加坦然與迅速，儘管焦急的人質家屬早已不耐煩政府的慢動作。但考慮俄政府從資訊操作的正確性角度而言，求證事實與迅速通報在這裏陷入了嚴重的兩難境地。這種資訊公開化的傳播效益在於公開恐怖分子真實的殘暴行為，如此一來，可減少國際對俄羅斯當下災難發生時反恐的指責，並加強國際對恐怖主義全球化的警戒。因為俄政府倉促之間認為，首先反正政府與議會檢查俄羅斯國家電視台的報導，這就可以減少對國內的影響力，其次才考慮到只要媒體不妨礙特種部隊的攻堅行動，拍攝現場的適度公開並不會暴露特種部隊或安全人員的作戰計劃，因為綁匪被團團圍住，也無法展開與同夥的串聯。不過，我們也從多家媒體的畫面中看到，攻堅行動中災難現場並不平靜，甚至是混亂的，災難現場的公佈對於政府不喜歡暴露自己國家的弱點而言，的確是一種挑戰。不過，當事件一結束之後，我們發現至少美國與歐盟對普京將車臣與恐怖分子鏈結的觀點並不支援。

　　對於俄媒體本身的自主性態度值得我們特別關注，這次俄羅斯記者工會發佈了一項緊急反恐公約，對恐怖事件與新聞自由的關係再次下了定義：公約聲明新聞自由不因任何事件而有所阻礙，在堅持真相與言論自由的情形下，堅決反對恐怖分子殘暴的行為，發佈新聞時要考慮到人民的生命安全，以及不妨礙救助行動為優先考量，亦即救人與生命人權先於言論自由。

　　筆者認為，關於人質事件，俄羅斯媒體的態度不等於政
府的態度，也就是反恐不一定等於同意反車臣，支援普京打擊
恐怖分子不一定等於支援恐怖分子等於車臣民族，關於這點可
以另一個主題再具體進一步分析探討。但就打擊恐怖分子的報
導立場上，俄媒體會加入考慮國家利益與國家安全的概念進
去，報導所產生的收視效益會被電視台先擱置在一旁。

## 二、俄三大電視台人質事件的新聞收視率狀況

　　根據俄羅斯生意人報報導，9 月 1 日發生在俄羅斯南方
北奧塞梯共和國的恐怖分子武裝挾持別斯蘭第一中學學生
的悲劇事件，在時間在進入第二天時，俄羅斯第一電視台、
俄羅斯電視台和獨立電視台對此一恐怖事件的報導成為俄
羅斯民眾關注的中心焦點，當日三家晚間新聞時段的收視率
急速攀升，甚至超過平日很受觀眾歡迎的連續劇[36]。

　　蓋洛普媒體調查俄 18 歲以上觀眾收看 9 月 1 日晚間至
夜間新聞的結果顯示，第一電視台新聞品牌節目《時代新聞》
每一節的滾動新聞收視最高，其次俄羅斯電視台的新聞品牌
節目《消息》系列緊追在後，獨立電視台的新聞品牌節目《今
日新聞》的滾動新聞同樣具有強大的影響力。三家電視台的
收視率與收視分份額如下表：

---

[36]　（俄）Газета "КоммерсантЪ" №163（3002）　от 03.09.04. （俄羅斯《生
意人報》）

俄羅斯聯邦三家電視台晚間新聞的收視率與收視份額比例

| 電視頻道 | 節目名稱 | 播出時間 | 收視率（%） | 份額比例（%） |
|---|---|---|---|---|
| 第一電視台 | 時代新聞 | 21.00 | 13.26 | 32.56 |
| | 晚間 | 22.51 | 10.02 | 28.14 |
| | 新聞 | 00.00 | 4.9 | 25.77 |
| 俄羅斯電視台 | 消息特別報導 | 20.00 | 10.02 | 27.8 |
| | 消息特別報導 | 21.59 | 7.96 | 20.12 |
| | 消息特別報導 | 22.59 | 6.42 | 18.42 |
| | 消息特別報導 | 23.59 | 3.78 | 19.17 |
| 獨立電視台 | 今日新聞 | 19.00 | 5.86 | 19.71 |
| | 今日特別報導 | 19.57 | 10.03 | 27.97 |
| | 今日特別報導 | 20.55 | 10,29 | 26,72 |
| | 國家與世界 | 22.00 | 7.25 | 18.43 |
| | 今日特別報導 | 22.57 | 5.18 | 14.38 |
| | 今日新聞 | 0.30 | 2.37 | 20.31 |

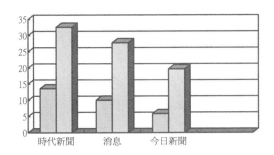

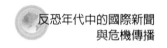
　　三家電視台新聞時段是分開的，這基本上分散了收視的強烈競爭性，而增加了新聞收看的延續性與比較性。《時代新聞》這個新聞品牌自蘇聯就延續下來，口碑一直相當穩定，雖然經蘇聯解體，電視台多次更名，仍未能消滅第一電視台《時代新聞》欄目長久所建立的新聞品牌。

　　《消息新聞》是所屬俄羅斯聯邦政府的俄羅斯電視台的主打品牌和資訊發佈的權威渠道，近幾年來新聞欄目收視穩定上升。獨立電視台的《今日新聞》收視在《消息新聞》欄目競爭之下處於逐漸滑落的窘境，但欄目在媒體寡頭古辛斯基時期建立的新聞口碑還是保留下來，今日新聞一直是以快速、獨立與刺激著稱。這次在人質事件中獨立電視台第一個發佈帶著嬰兒的婦人被釋放的消息，幾分鐘過後，以國家聯邦首席電視台姿態出現的俄羅斯電視台率先播放了事件的新聞畫面。俄羅斯電視台近一年來也改以「俄羅斯」（ROSSIA，俄語發音）電視台取代原來俄羅斯電視台的縮寫（RTR），電視台希望藉此繼續打響俄羅斯聯邦電視台的形象和新聞品牌。第一電視台《時代新聞》的報導則是按照往常時段播放新聞，並沒有開設其他的特別報導。

　　引人注目的是，獨立電視台當日也取消原本預定在 9 月 1 日下午 3：40 晚 10：40 對遠東烏拉爾西伯利亞地區以及莫斯科地區晚間的節目，該節目是由索羅維耶夫主持的《接近屏障》脫口秀節目，節目原本要討論北奧塞梯恐怖事件，開播前好幾位受邀訪談的來賓都在攝影棚內到齊了，但臨近拍攝時，主持人突然接獲電視台主管指示，公開說明根據節目製作人列文與總經理庫李斯堅科的要求，決定取消節目的

錄製工作。獨立電視台這個突然的舉動，表明了電視台立場上暫時不對事件進行評論的資訊安全動機，而決定以新聞特別報導的方式集中在事件本身的現場報導。這裏可以看見在緊急事件發生之際，獨立電視台新聞評論性節目在媒體政治操作上加入國家安全考量的元素在裏面。這是普京執政後要求媒體在國家化與專業化之間取得一個平衡點與達成基本共識的體現之一。

　　兩千年後，俄羅斯國有資本進入的獨立電視台的新聞運作模式，已經與媒體寡頭古辛斯基管理時代的新聞報導模式大相徑庭，原來在九十年代中期後出現的大量報導反對俄羅斯政府發動車臣戰爭的攻擊式新聞狀況已經大為改觀。古辛斯基所倡導的攻擊式報導曾經讓世界各國都相信和紛紛指責俄政府違反人權的行為。當時俄羅斯媒體為了追求百分之百的新聞自由，對於俄羅斯面臨的民族衝突、國家分裂、毒品走私或是恐怖活動的國家安全等嚴重問題都處於束手無策的窘境。畢竟俄羅斯的前身是被西方國家視為危害西方國家安全的那個擁有核子武器的蘇聯「鐵幕帝國」。二十世紀九十年代，處於轉型中的俄羅斯政治與媒體，對於在聯邦國家安全和新聞自由領域之間的拿捏，在實踐新聞自律的過程中還不是十分堅定與自信，1996 年時，在西方國家強烈反對出兵車臣共和國之際，最後葉利欽在損兵折將佔領車臣首都格羅茲尼之後，還與車臣叛軍簽署不符合俄羅斯國家利益的屈辱協定。

　　這次俄羅斯聯邦電視媒體的表現，基本上令中央政府比較滿意，當然這對於許多國家喜歡看見或報導批評俄政府的

負面聲音就顯得不那麼刺激與挑戰。不過俄羅斯網路媒體，如俄羅斯報紙網站仍對普京處理人質事件的政治動機提出自己的看法與質疑。其實這次事件本身就已經是一齣悲劇，若是挾持人質事件過程中媒體過多的評論，反而會分散了事件本身呈現給全世界的衝擊性，攻擊式新聞只會體現媒體想爭取的只是炒熱事件本身，以此來吸引觀為的眼球，民眾參與媒體事件報導成為必然，但媒體此時更加關注的是收視效益，媒體背後的利益集團、國家政府、受眾成為相互影響的三角關係，到時引起的輿論將使政府處於被動的狀態。這一逆反現象恰恰是政府在社會秩序陷入危機時最不願意看見的事情，同時對民眾的生命安全保障也不見得是好事。

無論如何，經過十年發展的俄羅斯媒體已經具備基本新聞自由的權利與實踐經驗，在報導恐怖事件中俄羅斯電視記者表現出很高的新聞專業水準。人質事件發生期間的報導，事實陳述多於批評討論，在俄羅斯媒體反恐公約的自律約束之下，電視媒體基本上是持先報導後討論的態度，以及救人與生命人權先於言論自由的原則，看來俄羅斯聯邦級電視媒體現在在緊急狀態時處理國家安全與媒體自由報導的關係，已經取得一定的默契了。

值得我們關注的是，俄聯邦級三家電視台都沒有開設新聞頻道，一方面資金與資源有限，另一方面更重要的是：俄政府至今仍不放鬆對空中信號發射權的開放，這是中央政府對國營和商營電視媒體內容審查所保留的最後控制權。畢竟，俄政府對於俄羅斯電視台和其他的國營電視台或私營電視有著不同程度的要求。

　　在這次人質事件中，俄羅斯政府採取的媒體政策是部分資訊公開以及沒有嚴格限制記者拍攝。記者多半在封鎖線外與北高加索行動總部取得最新消息，或是在現場週邊拍攝人質救助與特種部隊部署的畫面，筆者也看見最驚險的畫面莫過於記者自己跟著特種部隊在坦克車進行攻堅時，以坦克車作掩體跑著拍攝現場攻堅的鏡頭。記者常常會為了拍攝刺激畫面而冒著生命危險採訪，這也大大增加了前線記者報導的權威性與工作所帶來的成就感。

　　相較於兩年前的莫斯科人質事件，這次媒體報導的自由度是有提高的，在當時莫斯科人質事件中，報導多強調家屬們是多麼的堅強，這基本轉移了觀眾的注意力，掩飾媒體報導中沒有人質的現場畫面，新聞報導沒有不斷發佈更新人質的數目，顯然媒體受到政府消息的刻意封鎖以及播放畫面的限制。在文化宮人質事件中，俄羅斯政府與媒體多受到刻意隱瞞資訊的指責，這次別斯蘭人質事件中，政府顯然採取公開的態度。按照新聞原則，只有新聞公開才最接近真相，而真相會讓全世界明白事情的悲劇性，世界關注焦點才會都投注在危機的解決與人道的關懷層面上。例如，別斯蘭人質危機事件中，多國元首與外交官員對恐怖分子的殘忍發表了斥責的聲明，這暫時免除了西方國家對俄政府蔑視人權的斥責。俄羅斯媒體工會也在9月1日聚集了各大電子與平面媒體的領導主管，重申兩年前莫斯科杜伯羅夫劇院發表的反恐公約，聲明在極端事件中救人與人權先於其他權利與言論自由。

　　俄羅斯聯邦級三家電視台新聞時段一如往常是分開的，基本上分散了收視的強烈競爭性，而增加新聞收看的延

續性與比較性。第一電視台並沒有為了與另外兩家電視台爭
取廣告收入而特別刺激收視率的做法。這次電視台的做法基
本上是不要炒作話題,而冷靜面對極端事件中政府的作為。

## 三、俄總統的電視傳播表演藝術

俄羅斯總統普京在 9 月 4 日凌晨飛往俄羅斯南部北奧
塞梯共和國別斯蘭市,立刻前往醫院探視傷員,隨後又與
處理這次別斯蘭第一中學人質挾持攻擊的行動總部領導官
員談話,俄羅斯電視台與第一電視台都播放了先前錄製的
這一段現場拍攝畫面。筆者也從第一電視台上看到了這一
段影音錄影[37]。

電視畫面內容是普京抵達別斯蘭市之後,首先前往北高
加索醫院探視受傷患者,其中包括了別斯蘭第一中學的校
長,醫生表示她目前情況穩定應無大礙。接著普京又趕往兒
童醫院看受傷學童,此時媒體報導孩子們已經入睡。

事實上,筆者從鏡頭前可以看見普京探視時輕輕撫摸一
名孩童,露出關心與憐憫的面部表情,不過,早已疲憊不堪
的孩童感覺到被打擾,轉身過去繼續睡覺。這一幕沒有背景
解說,讓人感受到現場真實的情景,只聽到多部相機拍照取
鏡的聲音。這時在鏡頭前的普京有些黯然神傷的樣子,低頭
走出病房。

---

[37] (俄)http://www.1 tv.ru. 第一電視台網站。

再來就是普京對行動總部領導官員的經典談話，筆者整理如下：

1. **牽動全俄羅斯的恐怖事件**：普京指出北奧塞梯雖然不是第一次遭遇到恐怖攻擊，但是這次恐怖攻擊卻有著它的不尋常之處——恐怖分子居然開始對小孩下手。普京轉頭對北奧塞梯共和國總統紮索霍夫說：亞歷山大‧謝爾蓋維奇，全俄羅斯為你們感到痛苦，與你們一樣感到屈辱，全俄羅斯要感謝你們並為你們祈禱。

2. **對恐怖主義分子下定義**：普京認為這次行動的目的是散播國際仇恨與蓄意破壞高加索地區的穩定，因此只要有類似事件的參與者或是協作者都被視為恐怖分子或是恐怖主義的同路人。普京下令封鎖北奧塞梯交通道路與國界，全面徹底清剿綁匪。

3. **提供任何醫療救助**：普京表示，會派俄羅斯緊急救難部長沙耶古留下來繼續協助處理運送傷患人質與提供緊急救助的事宜。普京又叫了一次紮索霍夫的名字與父名，亞歷山大‧謝爾蓋維奇，普京說道：我們會盡全力救助孩童，幫助他們恢復健康，只要您認為需要以任何方式運送受傷孩童前往治療，我們會在最短的時間之內完成，只要能幫助孩童恢復健康。不論是大人或小孩，只要能讓他們恢復健康，我們提供全國任何一個可以救助的醫療場所。

4. **北奧塞梯總統紮索霍夫說**：人民在這幾天的悲劇事件中受苦，在恐怖分子手中犧牲的生命已經不可挽回，我們都感到痛苦感同身受，不過我們感受到弗拉吉米爾‧弗拉吉米拉維奇您的支援。

筆者認為，根據紮索霍夫參與談判的過程來看，紮索霍夫對普京這短短一段話，似乎埋藏了一絲絲對俄羅斯政府處理人質事件中犧牲無辜生命行為的怨言。例如，紮索霍夫並沒有一開始感謝領導的關心，而將其放在話語的末尾，一開始是強調人民事實上是受苦了，他暗示醫療也無法讓死者的生命複生。紮索霍夫發出些許不滿的聲音，這中間當然涉及俄羅斯政府處理的態度，比如說與恐怖分子談判的授權問題等等。

普京也聽出來紮索霍夫的不滿，不過普京也認為特種部隊在拯救人質的過程中也犧牲了多人的性命。這是二十多年來特種部隊處理恐怖危機事件中傷亡最慘重的一次，因為這次事件發展就像風暴一樣迅速到來，而俄羅斯內務部特種部隊在行動中展顯了他們勇敢精神。

普京認為罪在恐怖事件本身，而在這次災難中特種部隊同樣遇到前所未有的犧牲。當天有兩架緊急救難部的飛機送傷員到莫斯科治療。看來普京在善後問題的救助醫療上全力以赴，這是彌補這次事件中政府對恐怖主義持不妥協政策卻犧牲人質的最大補救措施。

事實上，這次政府媒體的策略很清楚，之前俄羅斯媒體大量篇幅現場報導人質事件中，政府並沒有採取限制現場拍攝的壓迫手段。如第一電視台一名女記者在現場採訪中，雙方就開始交火起來，現場我們就發現女記者頭髮被騷動的人群與槍林彈雨而被迫立刻蹲下的緊張畫面。

普京的媒體策略很明確：災難現場搶救的資訊完全向全世界公開。一方面，俄政府可以展現不干涉新聞的氣度，另

一方面，又可以讓全世界看見恐部分子的泯滅人性的暴行，以及特種部隊的三天攻堅或人質搶救的辛勞。這使得美國及其北約成員國都無法立刻對俄羅斯政府的當下行為有任何批評，他們只能先表達同情與協助援助的意願，對車臣戰爭的政治、種族對立問題只好先放一邊不談。不過美國政府隨後接見車臣恐怖分子的舉動引起普京的不滿，俄美對車臣內戰與恐怖主義的立場基本上是大相徑庭的，利益取向完全不同。

## 四、普京總統的電視演說全文

9月4日傍晚六點鍾，各個俄羅斯主要電視台都播放了俄羅斯總統普京發表的電視講話，普京以難掩悲憤的語氣和嚴肅的神情向全俄羅斯人民發表了一段約十五分鐘的電視講話，這是普京在9月1日至3日別斯蘭人質事件結束之後，首次正式發表的電視演說。筆者根據第一電視台網路上刊登的文本，特地將普京電視講話的俄文全文翻譯成中文，翻譯如下：

　　非常難以啟齒和痛苦，在我們的土地上發生了可怕的悲劇。所有最後這些天，我們每一個人都備受煎熬，我們的心情隨著俄羅斯城市別斯蘭的事件而沈浮。在那裏我們不僅碰到殺人兇手，他們還用武器攻擊手無縛雞之力的無助孩童。現在首先我想對那些失去孩子與親人之寶貴生命的人表示我的支持和感同身受。請你們追念在最後這些天從恐怖分子手中喪生的兒童與大人。

　　在俄羅斯歷史上有過不少悲創的篇章與沈重的事件。我們活在巨大國家解體之後的複雜環境中，由於這個偉大的國家已經在世界快速發展的過程中逐漸失去了它適應生活的能力。但是無論多麼困難，我們仍成功地保留了蘇聯這個巨無霸的核心，我們稱這個新國家為俄羅斯聯邦共和國。

　　我們都在期待轉變，希望越變越好。但是對於在我們生活中很多改變的事情，我們似乎沒有完全準備好，這是為什麼？我們生活在經濟轉型的狀況之下，這沒有辦法配合我們政治體系中社會發展的狀態與水準。我們活在內部衝突尖銳和多民族對立的情況之下，在從前其實是被國家領導的意識形態所壓制下來。

　　我們停止了將注意力放在國家安全問題上，放任貪污腐敗侵蝕我們的司法和法務機關體系。此外，我們的國家曾經是保護我們國界的強大體系，頃刻之間卻似乎從東方或西方都我們沒有辦法保護自己。

　　對於建立新的現代的實際的邊界保護已經很多年了，這需要數十億盧布。但是我們可以更有效益，如果我們及時和專業地執行它。

　　總體而言，我們必須要承認，我們沒有對國內與國外所發生過程的複雜性與危險性充分地瞭解。在任何情況下，我們沒有及時對其做出反應。我們展現了弱點。而敵人正在打擊這些弱點。有些人覬覦油水想分一杯羹，有些人火上加油。想必是因為俄羅斯是核武大國之一，被認為對他們構成威脅。因此我們要消除對這種威脅的疑慮。

　　恐怖主義實際上是達到目的的手段。如同我多次地提到，我們不止一次遭到危機暴亂和恐怖攻擊。現在發生的恐怖分子的罪行是泯滅人性和史無前例的殘忍。這不僅是對總統、政府、國會的挑戰，而且是對全俄羅斯人民的宣戰。

　　這是對我們國家的攻擊。恐怖分子認為他們比我們強，認為他們能夠用自己的殘忍來威嚇我們，認為能夠瓦解我們的意志和崩解我們的社會。看樣子，我們現在只有一個選擇，反擊他們或是同意他們的主張。投降，讓他們毀滅或是竊取俄羅斯以期望換取他們最終給我們的寧靜。

　　身為俄羅斯最高行政首長的總統，作為一個宣誓要捍衛國家領土完整的人以及每一名俄羅斯的公民，我堅信我們已沒有其他的選擇。因為站在我們面前的人是在敲詐與恐嚇我們。我們現在面臨的問題不是個別恐怖分子的攻擊，而是來自國際恐怖主義對俄羅斯的威脅。在這場總體殘暴大規模的戰役中，一次又一次地奪走了我們同胞的生命。

　　世界經驗顯示，這種戰爭很遺憾地不會很快結束。在這樣的狀況之下，我們真是不能夠也不應該再像以前一樣沒有警惕意識地生活著。我們必須要建立更加有效的安全防禦體系，要求我們的法務機關要發揮積極相應行動的水準與氣魄處理新出現的威脅。但是更重要的是動員全民應對危險，各國實踐都顯示反擊恐怖分子最有效的方法，就是強大的國家結合有組織團結在一起的公民社會。

　　親愛的同胞，那些派遣綁匪來製造可惡罪行的人，擺明了目的就是要來腐蝕我們的民族，恐嚇俄羅斯的公民，展開北高加索地區血腥的內亂。與此同時我想說以下幾點。

第一、在不久的時間內俄羅斯政府將準備一套總體措施，防範恐怖事件的發生，並加強國家的整體團結意識。

第二、我認為必須要建立一些新的武力系統，並使得原有的安全系統與新的部門構成互動體系，以此形成真正負責落實控制北高加索地區的安全局勢。

第三、必須建立有效的危機處理機制，原則上包括處理法務機關行動的新方法。

在此特別強調所有的執行措施都會完全符合國家憲法的規定。

親愛的朋友們，我們在一起經歷了非常艱難與屈辱的時刻，我想感謝所有展現忍耐精神與公民責任的人們。我們過去和永遠都會以自己的道德、勇氣和人類的精誠團結展現比他們更堅強的精神。我今晚再次看到這股精神。在別斯蘭即使不幸與痛苦包圍了我們，但人們仍是互相關心與支援對方。不畏冒著生命的危險安慰他人，即使在最沒有人性的情境下，人們展現了之所以為人的精神。不能屈服於失去親人的痛苦，綁匪的企圖更使我們彼此更親近，迫使我們重新評估許多事。今天我們應該站在一起，唯有如此，我們才能戰勝敵人。

總體而言，普京的演說透露了俄羅斯國家安全危機的存在、建立新的安全體系的必要性和重建危機處理機制的意圖。普京總統的電視演說、俄羅斯三大聯邦電視台的報導模式與政府對危機事件資訊公開的原則，都讓俄羅斯暫時緩解了自有八年金融風暴以來累積的最大政治信心危機。普京自上任後，俄羅斯恐怖事件頻傳的危機對普京的威信與形象打擊很大，對俄羅斯整個民族國家的傷害更大。

媒體與政權互動關係，自蘇聯解體以來，不斷受到俄國傳媒界與學界的高度關注。相信這次俄羅斯電視媒體，尤其是聯邦級的電視台，已經重新與政府建立反恐的默契關係，會在未來俄羅斯解決國內與國際安全衝突時，發揮全民團結一致的有效粘合劑作用。俄羅斯媒體的自律與自由表現也相當值得肯定。不過，就普京總統演說而言，筆者感覺到普京帶著許多感慨和沮喪的用詞，尤其這是發生在 8 月 24 日與 25 日莫斯科里加地鐵爆炸案和兩架圖飛機墜毀事件之後，一連串恐怖事情的發生對普京個人信心的打擊應該很大。演說中他也帶著安撫全國同胞在面對困難的環境中要堅強起來的話語，以及面對恐怖分子絕不妥協的堅決態度。關於普京的語藝的結構安排與使用動機，筆者會在下文中繼續分析探討。

## 五、普京電視演說的內容分析

1993 年美國著名語言傳播學者 Kenneth Burke 以 96 歲高齡辭世，他曾表示：除了說我是個語言傳播研究的人才外，恐怕沒有更適當的描述了。他在《Language as Symbolic Action》一書中認為，傳播者有兩種洗滌罪惡的方式。一是通過自我責難和期許，二是轉嫁罪行。國家政府可能會藉由苦行方式讓人民產生自我期許而更加努力，最後除去之前所產生的一切罪惡而重獲新生；或者國家會設法找出替罪羔羊，這個塑造出來的物件將成為眾所唾棄的出氣物件。Burke 同時還認為替罪羔羊的好處可以創造民眾的共同敵人，減少

內部分歧。這個觀點提醒我們歷史上曾不斷出現創造共同敵
人而取得公眾一致認同的例子。[38]

根據這個苦行和歸罪二元論點,我們分析普京這次於九
月四日莫斯科時間晚間六點所發表的電視演說內容。

## (一)自我責難和期許的部分

### 1、自我責難的部分

在俄羅斯歷史上有過不少悲創的篇章與沈重的事件。我
們活在巨大國家解體之後的複雜環境中,由於這個偉大的國
家已經在世界快速發展的過程中逐漸失去了它適應生活的
能力。但是對於在我們生活中很多改變的事情,我們似乎沒
有完全準備好,這是為什麼?

我們生活在經濟轉型的狀況之下,這沒有辦法配合我們
政治體系中社會發展的狀態與水準。我們活在內部衝突尖銳
和多民族對立的情況之下,在從前其實是被國家領導的意識
形態所壓制下來。我們停止了將注意力放在國家安全問題
上,放任貪污腐敗侵蝕我們的司法和法務機關體系。

此外,我們的國家曾經是保護我們國界的強大體系,頃
刻之間卻似乎從東方或西方我們都沒有辦法保護自己。在任
何情況下,我們沒有及時對其作出反應,我們展現了弱點。

### 2、自我期許的部分

現在首先我想對那些失去孩子與親人之寶貴生命的

---

[38] Burke, k. 1969, A Rhetoric of Motives. Los Angeles ： University of
California Press.

人，表示我的支援和感同身受。請你們追念在最後這些天從恐怖分子手中喪生的人們。但是無論多麼困難，我們仍成功地保留了蘇聯這個巨無霸的核心，我們稱這個新國家為俄羅斯聯邦共和國。

我們都在期待轉變，希望越變越好。對於建立新的現代的實際的邊界保護已經很多年了，這需要數十億盧布。但是我們可以更有效率，我們可以及時和專業地執行它。身為俄羅斯最高行政首長的總統，作為一個宣誓要捍衛國家領土完整的人以及每一名俄羅斯的公民，我堅信我們已沒有其他的選擇。因為站在我們面前的人是在敲詐與恐嚇我們。在這樣的狀況之下，我們真是不能夠也不應該再像以前一樣沒有警惕意識地生活著。

我們必須要建立更加有效的安全防禦體系，要求我們的法務機關要發揮積極相應行動的水準與氣魄處理新出現的威脅。但是更重要的是動員全民應對危險，各國實踐都顯示反擊恐怖分子最有效的方法就是強大的國家結合有組織團結在一起的公民社會。

親愛的同胞，那些派遣綁匪來製造可惡罪行的人，擺明了目的就是要來腐蝕我們的民族，恐嚇俄羅斯的公民，展開北高加索地區血腥的內亂。與此同時，想說以下幾點：

第一、在不久的時間內將準備一套總體措施，針對加強國家的整體團結。

第二、我認為必須要建立新的武力與聯繫互動體系，負責執行控制北高加索地區的情勢。

第三、必須建立有效的危機處理機制，原則上包括處理法務機關行動的新方法。

在此特別強調所有的執行措施都會完全符合國家憲法的規定。

親愛的朋友們，我們在一起經歷了非常艱難與屈辱的時刻，我想感謝所有展現忍耐精神與公民責任的人們。我們過去和永遠都會以自己的道德、勇氣和人類精誠團結展現比他們更堅強的精神。我今晚再次看到這股精神。在別斯蘭即使不幸與痛苦包圍了我們，但人們仍是互相關心與支援對方。不畏冒著生命的危險安慰他人，即使在最沒有人性的情境下，人們展現了之所以為人的精神。不能屈服於失去親人的痛苦，綁匪的企圖更使我們彼此更親近，迫使我們重新評估許多事。今天我們應該站在一起。惟有如此，我們才能戰勝敵人。

## （二）歸罪部分

非常難以啟齒和痛苦，在我們的土地上發生了可怕的悲劇。所有最後這些天，我們每一個人都備受煎熬，我們的心情隨著俄羅斯城市別斯蘭的事件而沈浮。在那裏我們不僅碰到殺人兇手，他們還用武器攻擊手無縛雞之力的無助孩童。而有人在打擊這些弱點。有些人覬覦油水想分一杯羹，有些人火上加油。想必是因為俄羅斯是核武大國之一，被認為對他們構成威脅。因此我們要消除這個威脅的疑慮。恐怖主義實際上是達到目的的手段。

如同我多次地提到，我們不止一次遭到危機暴動和恐怖攻擊。現在發生的恐怖分子的罪行是泯滅人性和史無前例的

殘忍。這不僅是對總統、政府、國會的挑戰，而且是對全俄羅斯和人民的宣戰。這是對我們國家的攻擊。

　　恐怖分子認為他們比我們強，認為他們能夠用自己的殘忍來威嚇我們，認為能夠瓦解我們的意志和崩解我們的社會。看樣子，我們現在只有一個選擇，反擊他們或是同意他們的主張，投降就是讓他們毀滅竊取俄羅斯，以期望換取他們最終給我們的寧靜。

　　我們現在面臨的問題不是個別恐怖分子的攻擊，而是來自國際恐怖主義對俄羅斯的威脅。在這場總體殘暴大規模的戰役中，一次又一次地奪走了我們同胞的生命。

## （三）總統演說內容架構

　　政治演說被視為公眾傳播的一種，可分為說服演說、告知演說、娛樂演說。由於公眾演說多是演講者一對多用語言和非語言的傳播方式，借著媒體的大眾傳播工具，使演說的影響力比沒有通過媒體還大得多。Haper N 於 1979 年在《Human Communication Theory》提到語藝的公眾傳播可包含五個過程：構思、排列、措辭、記憶和發表。

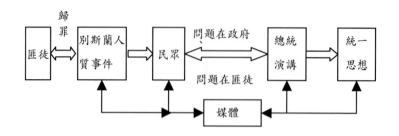

（總統演說的二元概念在媒體、民眾與政府之間的作用）

　　筆者將普京演說的內容結構基本上分為四個部分：歸罪
——自責——歸罪——期許，包括簡短歸罪引題、對災難發
生的自責、詳細歸罪、期許結尾。整個演講的特色在於：結構
簡單方便記憶，措辭立場分明，對敵人堅定和對國人充滿憐憫
和承諾。演講發表時間是在恐怖事件結束的第二天，同時也是
在探視受災地點之後，顯示了普京的積極性與魄力決心。

1. 第一部份歸罪：第一句話歸罪引題。普京提到：非常難以
　　啟齒和痛苦，在我們的土地上發生了可怕的悲劇。所有最
　　後這些天我們每一個人都備受煎熬，我們的心情隨著俄羅
　　斯城市別斯蘭事件而沈浮。在那裏我們不僅碰到殺人兇
　　手，他們還用武器攻擊手無縛雞之力的無助孩童。

2. 第二部份自責：主要是自責，穿插期許。自責的同時又穿
　　插幾句期許的話鼓勵大家，頗有自我勉勵、除去罪惡、重
　　新出發的感覺。

3. 第三部份歸罪：詳細歸罪，劃清敵我界限。例如普京說：
　　「這是對我們國家的攻擊。恐怖分子認為他們比我們強，

認為他們能夠用自己的殘忍來威嚇我們，認為能夠瓦解我們的意志和崩解我們的社會。看樣子，我們現在只有一個選擇，反擊他們或是同意他們的主張。投降，讓他們毀滅或是竊取俄羅斯，以期望換取他們最終給我們的寧靜。」

4. 第四部份期許：主要期許，少部分自責。期許放在最後部分的目的是：提出政府解決問題的構想，以挽回人們對政府沒有事先防範恐怖事件發生的無能印象。再輔以安慰，翻開同仇敵愾的一頁，普京演說的最後一句是：今天我們應該站在一起。惟有如此，我們才能戰勝敵人。

## 六、結語

從別斯蘭悲劇事件中可以看出在緊急事故中，俄羅斯電視媒體與總統操作媒體的互動模式的建構，筆者將其歸納為幾點結論：

1. 電視媒體陳述事件多評論。例如事件第一天獨立電視台臨時取消《接近屏障》脫口秀節目，該節目原本要討論北奧塞梯恐怖事件。尤其在媒體簽署的反恐公約的約束之下，媒體必須自律遵守「在發生極端事件時，救人與保護生命的人權要先於任何其他權利與言論自由」。但是政府不能以此為由限制新聞自由。筆者認為，關於人質事件，俄羅斯媒體的態度不等於政府的態度，但囿於篇幅的限制，本文沒有做出太多的探討，關於這點未來可以再具體進一步分析，以期做出客觀的結論。

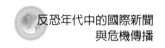
2. 電視媒體沒有刻意競爭炒作新聞事件。俄羅斯聯邦級三
   家電視台——第一電視台、俄羅斯電視台和獨立電視台
   在 9 月 1 日當天晚間新聞時段的收視率急速攀升。但是
   三家電視台新聞時段維持平日分開的時段:《今日新聞》
   欄目在晚間 7 點開播,《消息新聞》欄目在 8 點欄目,
   《時代新聞》欄目則是 9 點,這基本上分散了收視的強
   烈競爭性,而增加新聞收看的延續性與比較性。此外,
   俄羅斯電視台與獨立電視台都在晚間至夜間開播整點
   《特別新聞快報》,第一電視台《時代新聞》欄目的報
   導則是按照往常播放新聞的時段,而沒有開設其他的特
   別報導,顯然,第一電視台並沒有為了與另外兩家電視
   台爭取廣告收入而有特別刺激收視率的做法。這次電視
   台的做法基本上是不炒作話題,而冷靜面對在極端事件
   中有關政府的任何作為。

3. 國營與聯邦電視台的緊急職責。無論如何,經過爭取新聞
   自由的俄羅斯媒體,總體而言,仍是表現出對報導災難事
   件的新聞專業水準。人質事件發生期間的報導,事實陳述
   多於批評討論,在俄羅斯媒體反恐公約的自律約束之下,
   俄羅斯媒體基本上是持先報導後討論的態度,以及救人與
   生命人權先於言論自由的原則。看來俄羅斯媒體處理國家
   安全與媒體自由報導的關係在緊急狀態時已經取得一定
   的默契了。俄聯邦級三家電視台都沒有開設新聞頻道,一
   方面資金與資源有限,另一方面更重要的是:俄政府至今
   仍不放鬆對空中發射權的開放,這是中央政府對國營和私
   營電視媒體內容審查所保留的最後控制權。畢竟,俄政府

對於俄羅斯電視台和其他的國營電視台或私營電視有著不同程度的要求。

4. 放鬆現場媒體接近採訪權。雖然俄政府對於別斯蘭事件採取資訊公開的方式，允許國際媒體在災難現場的拍攝採訪工作，但是對記者進入現場依然百般刁難。俄羅斯政府對於媒體政策的松綁自葉利欽時期就開始了，媒體政策的松綁使得世界媒體能夠成功地向世人展現了恐怖主義的可惡，但在現實環境中俄羅斯同樣面對來自各個國家不同意見的批評壓力。關於平時緊急事件發生後媒體如何使用接近權，俄羅斯媒體發展的問題就在於媒體常常處於國家政權機關爭鬥的緊張關係中，媒體自由與國家安全常常發生衝突，而保護國家安全成為俄羅斯政府統一思想的黏合劑。

5. 普京電視傳播的表演藝術。普京在人質事件鎮壓之後的 6 小時之內，飛往俄羅斯南部北奧塞梯共和國別斯蘭市，一下飛機後立刻前往醫院探視傷員，隨後又與處理這次別斯蘭一號中學人質挾持攻擊的行動總部領導官員談話。普京當機立斷利用電視媒體傳播效益的作用，向人民展示魄力。普京希望能以親臨災區的實際行動，減少他在危機中對於解救人質的無能為力。

6. 普京政治溝通的語言藝術。9 月 4 日傍晚 6：00，各個俄羅斯主要電視台都播放了俄羅斯總統普京發表的電視講話，展示了他的總統辯論的言語藝術，演說內容借著刻意安排的內容架構，以民族激情為基調，爭取國內百姓對他決策的支援，並且將俄羅斯出現的問題找出原因，使得民眾找出對事件的悲傷和憤怒的原因，以求最大的團結力量

的凝聚。普京認為在安全體系的機制之下，更重要的事情就是動員全民應對危險，美國「9‧11」恐怖事件發生後，各國政府的反恐經驗顯示反擊恐怖分子最有效的方法就是強大的國家結合有組織團結在一起的公民社會。

7. 國家政權與恐怖活動的關係。普京在演說中指出了貪污腐敗與恐怖活動的直接關係，並且指出民族對立與意識形態的關係。普京說：「我們活在內部衝突尖銳和多民族對立的情況之下，在從前其實是被國家領導的意識形態所壓制下來。我們停止了將注意力放在國家安全問題上，放任貪污腐敗侵蝕我們的司法和法務機關體系。」

8. 普京反恐決策的宣示。普京借著電視演說，直接向人民公佈反恐措施。普京宣示三點計劃方向：第一，在不久的時間內將準備一套總體措施，針對加強國家的整體團結意識；第二，必須要建立新的武力與聯繫互動體系，負責落實控制北高加索地區的情勢；第三，必須建立有效的危機處理機制，原則上包括處理法務機關行動的新方法。

9. 悲劇之後依然存在的問題。誠然，普京在這次人質事件中可以說是積極利用媒體塑造形象與影響輿論，9月6日與7日，俄羅斯政府為受難者舉行的哀悼儀式和聚集在莫斯科中心紅場前的十萬人反恐示威抗議，可以說將俄羅斯人的悲情與憤怒推到最高點。

　　本文是以極端事件作為電視媒體與總統互動模式的研究背景，並不能代表俄羅斯媒體與政府長期的互動關係，可以說俄羅斯媒體與政權是複雜而值得探討的問題之一。此外，車臣與俄羅斯之間在歷史、文化、種族上的複雜的

恩怨情仇是傳播模式不能表明的，但這並不代表它可以被忽視。

在西方學者的眼中，普京無力化解發動車臣戰爭後所帶來的民族對立與國家安全危機，這是西方想進一步瓦解俄羅斯的初衷，因為在宗教、文化、資源上俄羅斯是有絕對實力與西方抗衡的，儘管現今在俄羅斯內部很多人並不同意回到冷戰時代，但這並不代表西方對於俄羅斯的認識會改觀。就普京本人所言，俄羅斯的民族問題處理不好會成為國家的弱點，有人在打擊這個弱點。車臣分裂主義顯然為車臣本地區的人民和俄羅斯人民帶來苦難，但同樣地，俄羅斯中央的反獨立戰爭又何嘗不為自己的社會帶來了動盪與不安？

在反恐與國家主權完整的大前提之下，普京顯然將車臣與恐怖主義鏈結，這有可能成為車臣人與俄羅斯人民族對立的鴻溝。與此同時，俄羅斯媒體在反恐公約的約束下，在這次事件的三天中的確沒有刻意炒作新聞，但是，俄媒體對俄政府在這場總體戰爭中的監督第四權力卻隱藏著，例如，俄政府發動車臣戰爭後對車臣人的人道關懷無法受到公開監督，這也是一種新聞不平衡。或許我們也可以這樣定義，在反恐的神聖戰役中，任何人道關懷的公民權力要先於其他權力與言論自由？如果俄羅斯媒體的社會責任沒有秉持同一個審視標準，那麼車臣人與俄羅斯人的對立仍將是一個難解的問題，而這樣的問題依然可能在不同時間、不同事件的刺激下而爆發。

# 二十五　美隨軍記者的意識形態觀[39]

【內容提要】

　　人類掌握語言符號和抽象思維，不斷進行各式各樣的信息傳播與交換的溝通行為，大眾傳播媒體與信息傳播工具如今成為人類日常生活中符號交流最為集中的地方。信息支配者與被支配者的關係得到進一步擴大與強化。美國被視為信息與傳媒產業最強勢的國家。美國為了進行美式「民主自由」的人類改造工程，已經展開大量的信息輿論操控戰。美隨軍記者的舉措企圖影響世人思想和行為，隨軍記者是新聞價值的把關者，美政府利用大眾傳媒已存在的自由與網絡，打造本世紀最大的意識形態的塑造工程。

【關鍵字】大眾傳媒、意識形態、新聞價值、隨軍記者、國家利益
【作者】胡逢瑛，暨南大學新聞與傳播學院副教授，俄政治傳播學博士

## 一、大眾傳媒是意識形態最為集中的地方

　　俄羅斯學者謝‧卡拉‧穆爾扎，他藉由一種甲蟲與螞蟻之間的關係比喻人類社會生活中操控者和被操控者之間的

---

[39] 本文曾刊登於中國社會科學刊物《新聞知識》2005 年 6 月刊。

臣服關係。他《論意識形態操縱》[40]一書中提到，甲蟲擅用
自己獨特的分泌物和熟悉螞蟻傳輸信號的本領，控制螞蟻的
編程行為，以達到螞蟻為其運送食物和報護甲蟲幼卵的目
的，螞蟻自己卻落得食物不夠和斷絕後代的悲慘下場。

此外，謝‧卡拉‧穆爾扎以胡塞、德爾加多在亞特蘭大
大學「遠距離腦刺激器」的實驗證明，人類的行為原則上與
猴子一樣是可以編程的。「遠距離腦刺激器」指的是，在猴
子腦內安裝一種接收儀器，試驗者可以借助無線電發射器向
猴子發射各種行為信號，可支配猴子的行為。謝‧卡拉‧穆
爾扎認為，任何極權人士哪怕打著民主旗號，自以為獲得授
權去解救某些落後民族的劣根性，將會陷入對人類進行生物
改造的計劃中。因此，謝‧卡拉‧穆爾扎說：我們主要關心
的對象是人，談的是用合法的、明顯的、看得見、摸的著的
手段對人的意識和行為進行操縱的問題。

所以按照謝‧卡拉‧穆爾扎對動物行為的解碼，可以想
像，掌握語言符號和抽象思維的人類，一旦人們的腦子中被
植入某些特定的符號代表某種特定思維的概念，這樣單一的
編程代碼，一旦被大眾傳媒長期片面灌輸給受眾，那麼受眾
的行為就容易受到支配，而控制大眾傳媒這個信息傳輸工具
的人，就是信息的發送者。因此，在現代大眾傳媒不斷擴展
傳輸勢力的時代，人們行為與思維的支配者和被支配者的關
係就已經形成，而且還在不斷擴張與強化當中。20 世紀最

---

[40] 【俄】謝、卡拉‧穆爾扎，《論意識形態操縱》，北京：社會科學文獻
出版社，2004 年，第 8～13 頁。

大規模對人類進行迫害的例子，非二戰期間德國納粹希特勒莫屬了。希特勒的宣傳部長戈培爾進行的就是一種宗教狂熱式的生物改造破壞工程。戈培爾建立日耳曼民族優生論的優生計劃，選出優生男女進行量產一批批嬰兒，這些嬰兒將不知道誰是他們父母，讓他們接受政府制定的特殊教育，長大之後要效忠希特勒政權。此外，屠殺猶太人也納入納粹德國的生物改造工程當中。這種利用宗教神論的符號概念，去控制人們意識行為的手段，製造的是違反人類自然生態定律的世紀悲劇。

因此，意識形態一直被視為保持國家主權和維護國家利益的關鍵價值觀。N‧喬姆斯基在美媒體重大事件報導與政治利益之間找到定量關係，他的結論是：有一個原則鮮少遭到破壞，那就是一切與當局的利益和特權相矛盾的事實不存在。在國際政治中，電視成為美國向其他國家的信息媒介進行滲透、為了自己的利益影響他們社會意識形態的主要工具。席勒提出：力圖統治的大國為了滲透成功，就應佔領大眾傳媒。因此就有人認為，一個國家的大傳媒若由其他國家萊掌握，那麼這個國家的主權便不復存在。

## 二、意識形態影響新聞價值取向

童兵教授在許多演講與書中都特別強調，新聞價值思想觀對中國「入世」之後在媒體全球化這個大的戰略環境之下的重要性。他首先提出「新聞價值」的問題。何謂「新聞價值」呢？西方新聞界很早就提出了事件的「時間性」、「接

近性」、「顯要性」、「重要性」和「人情味」作為構成「新聞價值」的五個組成要素。到目前為止，中國新聞學術界對「新聞價值」的概念還有很多爭論。這些爭論基本上可以歸納為兩類：一種看法認為，「新聞價值」是選擇與衡量新聞的標準；另一種看法則持相反論點認為，「新聞價值」只是事實內部含有的使其能形成新聞的因素。前者指的是主觀的尺度；後者指的是一種客觀存在的東西。那麼，哪一種較為符合「新聞價值」的本質呢？

## （一）「新聞價值」應取決客觀存在的程度

誠然，記者和讀者是決定新聞價值的兩個重要角色。記者首先面對事實，因此記者首先要根據自己對事實的不同評價，去選擇和衡量事實，然後將它們寫成新聞。然而，讀者面對的是新聞，讀者會根據自己的興趣和需求，去選擇和評述記者的報導。童兵教授認為，往往由於不同的政黨、階級、地域、時代，以及不同的報刊和記者，使得衡量新聞價值的標準變得難以捉摸。所以，童兵教授不同意把新聞價值解釋為記者衡量新聞的標準，比較傾向於把新聞價值看作事實內含「客觀存在」的因素及這些因素多寡的程度。

據此，新聞是記者和讀者之間聯繫與溝通的橋樑。因此，新聞正在發揮著影響讀者看待世界的思維和視角。不過，由於相同的事件可能有不同的報導角度，讀者仍有機會結合自身的切身處境，將他們認為事實內部組成因素的程度反饋給新聞報導者，去影響記者衡量與選擇事實本身的程度或標準。因此，中國媒體在定義主流媒體時一定是以讀者的

角度為出發點，讀者真正接受的媒體才是未來能夠生存的媒體。「新聞價值」一般會被看作是維持讀者、記者與政府關係的紐帶。

## （二）「新聞價值觀」源自於主觀的意識

但人們對於新聞價值的認識已經不是客觀的，而是主觀上的意識形態的產物。因此，事實客觀存在構成的新聞價值，必須與主觀存在的意識形態區分開來。所以，童兵定義「新聞價值觀」是：人們確認新聞事實、判斷該事實含有新聞信息量的尺度，它表明了人們認識新聞事實的過程和結果。童兵教授進一步說到了提出「新聞價值觀」的理由。作為新聞因素，資產階級提出構成新聞價值的五大要素，這對於無產階級的新聞事業有絕對參考和借鑑的價值和意義。但是，在「新聞價值觀」上，資產階級和無產階級畢竟有意識形態和政治制度上的區隔。美蘇冷戰可以視為意識形態影響新聞操作最為明顯的時期。

筆者也發現，隨著當前中西政治制度與經濟體制逐步交融與發展的結果，中國新聞界對於西方資產階級中強調的「新聞價值」已經融入到「新聞價值觀」裡面去。不過，這種中西「新聞價值觀」的碰撞也影響到「新聞價值」取向的碰撞。尤其是國際新聞的報導，經常由於國家之間利益的不同，一種主觀性的「新聞價值觀」便會凌駕在客觀的「新聞價值」之上。因此，國際新聞的主觀性經常反映國內政治的需求。比如，各國新聞報導對布什單邊主義推動的反彈，此時，已經反映「新聞價值觀」的重要性已經超過了「新聞價

值」本身，這是意識形態運作的結果。所以，童兵教授提出
「新聞價值觀」與「新聞價值」的區隔性是有益於正確新聞
視聽方向的！

## （三）「新聞的價值」來自讀認同的反饋

　　不過，對於有些人試圖用價值學說來理解新聞價值，亦
即認為新聞是通過交換價值得以實現的，所以新聞價值是只
有寫成的新聞才具備，也就是不被報導的事實是沒有新聞價
值的。童兵教授並不同意這種簡單的價值交換說。因為，新
聞價值是事實客觀內部含有的因素，不管事實是否被記者報
導，都不能否認事實客觀的存在。所以，根據此一觀點，新
聞價值觀可以影響記者主觀上如何看待新聞價值的角度。不
論是新聞價值還是新聞價值觀，都體現了記者與事實之間的
關係。因此，童兵教授最後提出「新聞的價值」的觀點。「新
聞的價值」指的是社會大眾的反響程度。作為新聞工作者，
是不能任意去提高「新聞價值」的內部客觀因素，但是可以
通過自身專業能力的提升，去挖掘含有各種「新聞價值」的
事實呈現給讀者，「新聞價值觀」的主觀認定，也必須隨著
時代潮流的嬗變，與時俱進，進而增進新聞在讀者心目中的
含金量，爭取讀者的認同，唯有讀者認同的新聞才具有「新
聞的價值」。

## 三、隨軍記者維護美單邊行動

　　2003 年 3 月 18 日，美總統布什單邊對伊宣戰，隨之採

取了大規模隨軍記者的舉措，準備有計劃且有系統地報導美軍在伊拉克作戰的情況，試圖操控媒體輿論有利於己方。初期預計約有超過 600 名美國和來自世界各國的記者以及耗資一億美元用於新聞發布的費用，一起投入這場名為解放伊拉克的戰役當中。美政府一開始重視這場戰役的程度可想而知。大量佔據新聞版面篇幅的伊拉克戰事報導，是牽動美國國民支持美在伊扶植親美民主政權的強力號召。美企圖保持在中東地區所有利益的目的昭然若揭。美對伊戰被美政府塑造成「民主自由 v.s 恐怖專制」的意識形態鬥爭。美政府利用傳媒進行崇高的思想宣傳，以掩飾其控制中東地區與維護美國家利益的單邊行動野心。

## （一）美政府主導傳媒資訊戰

　　自從 9‧11 事件之後，美政府就直接將報復矛頭指向本拉登，不但定義他為國際恐怖份子的頭號邦匪，並且先發制人打擊包庇本拉登和凱達組織成員的塔里班政權和薩達姆政權。從此永久自由與解放伊拉克就成為美國在國際的宣傳號召。自由民主成為美國際宣傳的主旋律，為其出兵阿富汗和伊拉克尋求合理的藉口。打擊極權與專制成為美拓展單邊主義的訴求，伊拉克、伊朗、朝鮮被美定義為發展核武的邪惡軸心國家。美國試圖完全主導與控制中東與東北亞地區的戰略野心暴露無疑。美國有線電視新聞網 CNN 擁有強大的國際新聞團隊，不斷地在為美政府單邊行動背書，啟到向閱聽眾發揮洗腦的作用。

　　布什發動伊拉克戰爭在國內和國際上都呈現兩極的看法。支持布什者認為他是維護世界和平與打擊恐怖主義的拯救者，反對布什者則認為他是專門干涉他國內政的獨裁者與血腥的戰爭販子。在 2004 年底的美國選舉中，布什以些微優勢險勝連任，突顯布什捍衛美國土安全、解決對伊戰爭以及伊拉克政權重建的選舉形象訴求奏效。不過，美傳統軍事盟友的老歐洲卻與美國漸行漸遠，以法總統席拉克為代表，就表示了未來以歐盟取代美國主導北約軍事合作的可能性，將採取以歐洲為主體的新軍事外交關係。總之，美國與歐洲之間的國家利益已出現裂痕，包括聯軍撤出伊拉克以及歐洲向中國軍售解禁等問題意見相佐。

## （二）隨軍記者可維護美國家利益

　　美國在中東的利益影響美國本土的利益。美隨軍記者作為媒體的前線代表，無時無刻不與軍隊一起生活、工作和並肩行進，因此隨軍記者作為隨軍作戰的觀察員，可以深入細膩且真實詳盡地報導本國軍隊的作戰狀況或戰士平日的生活細節，這為閱聽人與讀者提供了多樣、迅速和詳實的戰地新聞。美國的社會大眾可因此成為戰爭發展的評判者與觀察家，增加對本國政府發動戰爭的監督或支持，從而增加了整體國民對戰爭進程的間接參與權利；同時也可降低政府進行戰爭時可能產生的黑箱操作與一意孤行。反之，隨軍記者也同時能將來自國防部的態度或指示迅速傳達給軍隊，反映作戰的機動性。

　　美國防部助理國務卿懷特曼就表示了隨軍記者的重要功能，他說：在作戰過程中，我們需要保持議題的真相，因為薩達姆是個經驗老道的騙子，對抗他的詭計必須透過專業客觀的第三者的報導。此外，懷特曼還同時強調，隨軍記者可彰顯美軍專業良好的軍事訓練素養給世人看。對此，美國隨軍記者的提倡者、前國防部公關室主任與新聞發言人維克多利·克拉克認為，兩者都是隨軍記者的重要目的。一方面，世人應當認識美軍將如何展現專業作戰的實力，另一方面，記者可以擺脫以往戰地報導的諸多限制，有效且公開接近他們的報導對象，也就是本國的軍隊戰士。

　　不過，密斯金、瑞勒與萊立克在《戰火中的傳媒》一書就指出隨軍記者可能有的侷限性，該書作者表示，1982年英國與阿根廷的福克蘭群島爭奪戰，英國隨軍記者不但完全依賴軍隊在戰鬥時的安全庇護，而且還仰賴軍隊提供的食物、住所和消息交換。因此隨軍記者多半會對他們報導的戰士產生好感，使得記者報導英國戰士的偏愛之情溢於言表。美國傳播學者麥可·普佛則認為，美國在伊拉克的隨軍記者不見得會完全正面報導隨軍部隊，但是平面媒體的隨軍記者在新聞報導的敘述結構上卻有所改變，例如文章的視野不夠寬廣，敘述結構不夠完整，內文經常出現斷章取義或信手拈來的插入語，似乎記者個人思想與見解過於濃厚，暴露報導觀點偏頗和消息來源不足的缺點。

## （三）隨軍記者可揭露軍中弊端

　　事實上，英國被認為是第一個開放隨軍記者的國家。19

世紀末，在隨軍記者出現以前，英國報業的戰地新聞相當依
賴軍方主動提供的消息，或者是報紙委託軍中戰士定期提供
戰地報導。但由於受聘的戰士不懂得新聞寫法，身處戰地導
致視野侷限，並且軍人還帶有強烈的主觀色彩，再加上軍方
提供的新聞經常迎合政府需求、宣揚軍隊威武以及隱瞞軍中
弊端問題，導致戰地新聞通常缺乏前線軍隊作戰現況的真實
反映。軍隊中弊端問題的存在甚至會打擊到作戰的實力與士
氣，並不能使軍隊有效發揮捍衛國家利益的堅強力量。因此
若沒有政府有效規劃隨軍記者的採訪，戰地記者自己本身也
只能各顯本事，不是瞎子摸象自行規劃採放路線，就是與軍
隊拉進關係而得到採訪的許可，這樣被動的採訪既不客觀、
也不全面，整體缺乏系統的戰地報導也只能斷章取義，反而
容易扭曲事實的真相。

　　早在 1854 年英國向俄國宣戰的克里米亞戰爭中，倫敦
《泰晤士報》的隨軍記者拉塞爾就因為勇於揭露軍中弊端而
聞名。美國新聞學者約翰·霍恩柏格在《西方新聞界的競爭》
一書中寫到：拉塞爾發現了部隊中存在醫療與營養補給不足
的問題，傷員和戰士因此處於極度的痛苦當中。結果報導一
出，輿論譁然，英政府被迫撤換陸軍大臣，英軍醫療狀況得
以改善。南丁格爾也在拉塞爾報導的感召之下，作為第一代
隨軍女護士走上前線。時光進入 21 世紀，美國對伊戰爭的
初衷是不損一兵一卒而達到屈人之兵，以宣揚美國現代化科
技作戰的先進。2004 年年底，當美國防部長拉姆斯斐爾德
駐足在一座美駐伊營區時，就有一名戰士當面提問他：為何
政府不加強物資運輸軍車的防彈設備，致使許多美國軍人輕

易死於游擊叛軍的突襲砲擊之下。《時代周刊》就指出這是某位隨軍記者建議提出的問題。這個問題經媒體大肆披露以後，才引發出一系列運輸車製造廠商與政府之間利益勾結的問題。美國戰士安全問題也一下子浮出檯面。因此，隨軍記者就維護戰士的利益而言，反而有助於美國政府即時解決軍中弊端，反倒是有利於美軍長期駐伊作戰。

## 參考資料：

1.【俄】謝、卡拉－穆爾扎，《論意識形態操縱》，北京：社會科學文獻出版社，2004 年。

2.童兵，《童兵自選集》，上海：復旦大學出版社，2004 年。

3.童兵，《比較新聞傳播學》，北京：中國人民大學出版社，2002 年。

4.劉明華，《西方新聞採訪與寫作》，北京：中國人民大學出版社，1993 年。

5.胡逢瑛、吳非，〈新聞觀與國家利益碰撞〉，香港《大公報》，2005 年 1 月 3 日。

6.Michael Pfau， Embedding journalists in military combat unit：Impact on newspaper story frame and tone, J&MC QuarterlyVol. 81, No. 1,Spring 2004, p.p74-88.

# 二十六　中國新聞改革的國家利益取向

*——從央視對伊拉克戰事的直播報導到中國 SARS*
*防疫的輿論調控*[41]

　　大陸中央媒體貫徹中央意志、維護國家利益是社會主義新聞理論的最高指導原則；信息內容轉換視角，以受眾為本位、佔據新聞版圖納入市場競爭機制是改革方向；媒體報導公眾事務提高公民知情權是協助民眾早日落實政治參與的重要途徑，這三項要素構成一部獨特的且符合中國大陸國情的社會主義市場經濟式的新聞理論，正在大陸如火如荼地展開，央視已為與西方新聞理論和市場接軌做好準備。

## 一、前言

　　自今年3月20日美英聯軍向伊拉克宣布開戰的同時起，中國大陸中央電視台處理美伊戰爭報導的模式立即引起了眾人對央視的驟變投入了興趣和討論。央視第一、四、九套節目連續、長時間直播追蹤報導了伊拉克戰事，進行了結合演播室、衛星直播和現場連現等滾動式的戰事新聞報導；各檔新聞欄目滾動報導事態最新進展；非新聞時間則在屏底飛

---

[41]　本文曾刊登於香港中文大學《二十一世紀》網絡版 2003 年 5 月號總第
　　 14 期。

字幕；有專門記者在棚內進行同聲直譯美國 CNN（有線新聞電視網）、阿拉伯國家卡塔爾半島電視台以及外國媒體的戰爭相關報導；並且全天候專家解說戰事且隨時插入最新畫面的節目安排。對於中央電視台的轉變，在中國大陸有些人樂於見到此種發展態勢，有些人則害怕會產生戈巴契夫式的蘇東式效應，有些人則痛斥戰爭報導內容將對人心產生負面影響。儘管如此，萬變不離宗，為了符合國家利益與謀求市場利益的考量之下，中國中央媒體仍必須配合貫徹中共中央領導的改革政策，進行全面有效的報導宣傳和輿論調控的工作。

媒體配合國家政策進行輿論調控策略直接反應在央視處理 SARS（嚴重呼吸道症候群或非典型肺炎）防疫的宣傳工作上，宣傳的中心思想很明確，就是要營造一個團結和諧的社會氣氛，以維護國家安全和社會秩序、防止社會動亂或國際恐怖勢力趁虛而入，國家媒體的工作就是要協助政府完成抗 SARS 的使命，促使中國社會平穩、順利且快速地度過難關。媒體配合中央呼籲全國民眾：萬眾一心，眾志成城，同心協力，齊力斷金，此一號召鏗鏘有勁，媒體扮演貫徹中央政策的宣傳機器表現無疑，政府與媒體對疫情資訊進行守門把關，可滿足政府希望操控輿論、達到有效傳播的目的。同樣地，民眾輿論反饋的內容，同樣也是被媒體鎖定在對政府正面支援的反應上，成為政府塑造上下一心的輿論工具之一。事實上，中國中央媒體在國家發生重大危難之際，展現了一種國有化媒體資源豐沛和控制輿情的優越性，即媒體發揮了穩定社會民心的鎮定劑作用，然而，政府控制媒體實際

上也突顯了中國政府對民眾危機識別能力的不信任，以及中國進行政治和新聞改革的謹慎性與困難性。

　　不論是從央視對伊拉克戰事的直播報導，還是到 SARS 防疫的輿論調控，一方面，顯示了中國媒體加強了資訊的充沛性與即時性，另一方面，這兩件重大事件的新聞資訊內容仍停留在媒體強勢刺激──反應的傳遞作風上，伊拉克戰事報導的資訊轟炸為央視帶來了盈收，但收視的暴增目前只能說明該事件的突發性、關乎國家利益與生命安全的重要性、及新聞的新鮮性，但無法完全等同於央視達到了滿足公民知情權利和受眾選擇意向的需求。未來一種政府資訊的公開、媒體消息來源管道的暢通、受眾知曉公眾事務的信息循環模式，將會是媒體建立社會公信力和維持營運生存的長久之計。

## 二、新聞改革仍須配合國家政策

　　中共中央媒體堅持政治正確、把持輿論導向、反應國家建設仍是新聞變革中不變的新聞規律之基本核心原則。

　　中共中央政治局於三月二十八日召開會議，由總書記胡錦濤主持，「會議討論了《關於進一步改進會議和領導同志活動新聞報導的意見》。會議指出，對全面貫徹」三個代表「重要思想和十六大精神，促進和帶動全黨同志特別是各級領導幹部進一步改進思想作風、工作作風和領導作風，密切黨同人民群眾的聯繫，具有十分重要的意義。各級黨委要高度重視這項工作，並把它作為一件大事抓實抓好。中央和國家機關要帶頭，各級領導機關和領導幹部要嚴格自律，自覺

支援新聞媒體改進報導工作。新聞單位要堅持正確的輿論導向，大力宣傳黨的理論路線方針政策，多報導對工作有指導意義、群眾關心的內容，力求準確、鮮明、生動，努力使新聞報導貼近實際、貼近群眾、貼近生活，更好地為人民服務、為社會主義服務、為黨和國家工作大局服務。」[1]

此外，「中共中央政治局常委李長春在中央宣傳思想文化部門負責人會議上強調，要從貼近實際、貼近生活、貼近群眾入手，加強和改進宣傳思想工作，切實把」三貼近「要求貫穿到宣傳思想工作的各個方面。 李長春說，貼近實際，就是立足於社會主義初級階段這個最大的實際，真實反映改革開放和現代化建設的實踐，從實際出發部署工作，按實際需要開展工作，以實際效果檢驗工作，使宣傳思想工作更加具體實在、紮實深入。貼近生活，就是深入到火熱的現實生活和人民群眾的日常生活中，反映客觀現實，把握社會主流，從生活中挖掘生動事例、汲取新鮮營養、展示美好前景，激勵人民群眾同心協力，奮發圖強，為創造更加美好的新生活而共同奮鬥。」[2]

新聞報導的「三貼近」主張雖無新意，但卻是中共鞏固領導核心一貫思想的政策化，是大陸媒體工作的政治指導思想路線。無論如何，可以確定的是，若沒有中共中央領導人的首肯，就沒有這次央視新聞直播報導方式的轉變，因此，中央媒體的舉措與中共領導人的心態也就令人關切。

## 三、信息來源要符合市場利益

信息內容的新穎與傳播科技的運用可以快速吸引受眾的第一目光，然而，要長期守住且獲得閱聽眾的支持，還是必須仰賴優秀的新聞人才、充分的消息來源、尖端的設備和充裕的資金，唯有如此，中國媒體在與國外先進媒體競爭時才能立於不敗之地。

根據《聯合早報》3 月 21 日報導，「中共十六大後，主管宣傳工作的政治局長委李長春要求，官方媒體在保持正確輿論的同時，還必需改革傳統新聞報導的方式，避免說教式的宣傳，他還鼓勵官方媒體積極參與市場競爭，拉近官方媒體與群眾的距離。」[3]

換句話說，中國領導人的思維應該是希望媒體報導也要與時俱進，藉由這次中央國營電視媒體的直播與全程報導，讓中國媒體在新聞市場開放前夕，體驗甚麼是正確性的、即時性的與不加評論的報導，並且評估發展直播電視所需投入的資金和人力，等待中國媒體有了經驗與信心後，就可以直接讓中國媒體與外國落地媒體在市場機制下自由競爭，因為屆時大陸受眾的選擇是現實與關鍵的。所以，筆者認為中國政府對於新聞改革的重點著重於國家安全考量與市場利益取向。而這次伊拉克戰爭的報導方式為中國大陸媒體與世界媒體接軌鋪平道路，因為在中國大陸嚴格新聞管制、媒體新聞缺乏自主性的編採權和發布權的前提下，幾乎沒有任何公眾議題可以讓中央電子媒體願意大量、長期且自由地直播報導（除了曾經直播江澤民訪美、港澳回歸、十六大兩會等具

有國際關注意義的重要政治事件而外），而美伊戰事的直播
報導是很好的切入點。繼之，就是四月份開始的關於非典型
肺炎的防疫作戰的媒體宣傳和輿論調控的工作。

　　報導一場由世界第一強權國家──美國領導的戰爭是
深具政經的戰略意義。從新聞戰略因素而言，由於中國新聞
報導是採取事先錄製剪輯、對口配音等嚴格檢查下的產物，
也就是大陸中央電視新聞非常缺乏直播的公眾議題、消息來
源與自願型的觀眾群基礎，因為至今為止，中國長期的傳播
環境仍處於由政治指導媒體的輿論導向之下，大陸新聞從業
人員本身尚無法獨立正確掌握重要議題、同時又可以守住觀
眾群和吸引廣告資金投入的盈利模式之能力。而這次伊拉克
戰事的滾動新聞一方面來自國外媒體為大陸媒體提供了現
成且豐厚的消息來源，與此同時，也包括大陸自身特派員的
追蹤報導，用中國大陸人的新聞視角來作為對外國媒體報導
的平衡報導機制，符合中國中央政府的反戰原則。此外，中
國特派員在報導對戰情時，只要針對伊拉克問題，就不必害
怕說出不利於政府言論而遭受處分的壓力。

　　另外，央視第四套國際頻道不但藉此機會建立和抓住大
陸觀眾收看國內媒體報導的自願型收視群，更讓港澳台和海
外華人對大陸媒體改革燃起希望，進而對大陸增加向心力或
投入資金與物流，所以，這次央視的做法可以看出中央媒體
藉勢而為、定位全球華人的快捷方式做法。此外，利用媒體
報導的處理視角進行反戰，比政府直接發聲反戰，所引起民
眾的爭議與反感會減少至最低程度，又能使大陸媒體贏得正
確和即時報導的讚賞。因此，大陸媒體人同時擁有了報導自

主權、現場直播臨場感的寶貴經驗,在央視挾著龐大的國家資源之下,出現了電視記者大談採訪感想的長篇報導、攝影記者與報導記者整理麥克風和討論報導位置等類似幕後花絮的鏡頭,前線記者首度享有言論最大的自由報導空間,以及不受電視分秒必爭的時間限制,中央媒體資源之龐大令許多商業和地方媒體望塵莫及。

根據央視——索福瑞的收視調查顯示:伊拉克戰爭爆發一週後,央視一套、四套、九套節目的人均收視時間達到38分鐘,較平時(13分鐘)提高25分鐘;平均收視份額達20.46%,比平時(7.74%)提高12.72個百分點。央視一套播出的《伊拉克戰爭特別報導》在16個樣本地區的平均收視率達3.7%,收視份額達27.7%,收視率比平時提高了8倍,收視份額提高20個百分點。央視四套播出的《關注伊拉克戰事》特別報導在16個樣本地區平均收視率為1.81%,收視份額達10.09%,最高收視率達到了前所未有的4.25%,收視份額達12.79%,與平時相比,收視率及收視份額提高近28倍。央視九套播出的《伊拉克戰爭報導》在16個樣本地區的平均收視率為0.12%,收視份額為0.45%,與平時相比,收視率、收視份額均提高5倍。從3月20日開始,央視一套、四套、九套節目的整體收視份額迅速飆升。[4]此外,央視的廣告投放量與價位也水漲船高,為電視台創造建立了盈利模式。[5]

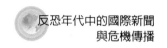
## 四、輿論調控可維護國家利益

　　中共十六大召開之後，中央單位期盼在與西方經濟接軌的過程中，以及中國將來開放媒體市場的情況下，大陸中央媒體仍能夠掌握絕大部分中國閱聽眾的市場版圖，就影響與獲取民意的條件基礎而言，這不但讓中國政府能夠有效控制有利於國家政策的言論與報導，使其符合國家安全利益，還能夠達到掌握市場的經濟效益，兩者如何有效的結合是中國大陸加入世界貿易後必須面對的嚴峻問題。

　　未來大陸媒體在自由市場競爭的機制下，中國內政的穩定與國家形象的塑造仍需仰賴媒體的支援。這也是這次我們看待中央到地方政府在四月初，世界衛生組織專家到廣東處理 SARS 疫情之後，和先前在國際媒體大加達伐中國政府隱瞞疫情的狀況之下，大陸中央領導責成衛生部長和疾病防治中心主任，不斷在中央電視台國際頻道上直播解釋疫情，並且召開中外記者招待會，積極從事處理非典型肺炎的媒體公關，試圖化解各界對大陸政權的責難和不信任。

　　中國全國公關協會秘書長、中山大學專門研究傳播學和政府公關的廖為建教授認為，這是一個不可能存在信息真空的年代。他建議政府處理突發事件的資訊披露時，可以考慮遵守三個原則：政府主動公布資訊、公布實情並且隨時向公眾說明舉措與效果。當媒介的消息來源被剝奪時，不確定性會導致人們更積極從非媒介資訊尋求資訊；中山大學郭巍清教授表示，隨著社會管理的風險性和不確定性增加，只有建立完善的危機應對機制，把資訊公布納入制度軌道，才能解

決政府和民眾面對這類突發性事件所受的困擾。而就廣州市爆發非典型肺炎的事件而言，民眾的知情權利也有法源可循：2002 年底廣州市政府常務會議上通過《廣州市政府資訊公開規定》第二章第九條第六款提到，公開義務人應當主動向社會公開當地重大突發事件的處理情況。[6] 遺憾的是，由於廣州政府對疫情隱而不報，結果造成疫情感染人數形成了一定的規模，甚至嚴重殃及香港，造成香港嚴重的經濟損失，人命的犧牲更是代價慘重。

新官上任的中國國務院總理溫家寶，於 4 月 2 日主持召開國務院常務會議，研究非典型肺炎防治工作，討論《國務院 2003 年工作要點》，審議《中華人民共和國中醫藥條例（草案）》。該會議強調要把控制疫情作為當前衛生工作的重中之重；及時向世界衛生組織通報疫情；近日由衛生部舉行中外記者招待會，向社會公布疫情和預防控制措施；抓緊建立國家應對突發公共衛生事件的應急處理機制。[7] 這也就是隔日衛生部召開記者招待會，第三天有疾病防治中心主任公開道歉，第四天世衛組織在日內瓦的發言人表示促使 WHO 撤銷對廣東省的旅遊警告等態勢發展。

繼之，新華網 4 月 20 日報導，中共中央決定免去張文康的衛生部黨組書記職務與孟學農的北京市委副書記、常委、委員職務，此一結果是在北京十三所大專院校相繼爆發非典型肺炎之後，以及美國《時代》周刊報導世界衛生組織發現北京許多軍醫院的病患都未被官方計算在感染的人數在內，這都無疑是宣布中國的公共衛生機制並未完全有效地發揮功能。從中央將主事者革職的政治動作可見，中共中央

新一屆領導人決不能容許由於地方政府政府公關的缺失造成中國經濟成長蒙上一層陰影。

中國總理溫家寶於 2003 年 4 月 13 日在全國非典型肺炎防治工作會議上的講到：「非典型肺炎疫情的發生和蔓延，已經給我國旅遊、貿易、對外交往和社會生活帶來一些負面影響。如果不採取堅決有力的措施，控制住疫情蔓延，徹底消除疫病，還會給我國帶來更大的危害和損失。搞好非典型肺炎防治工作，直接關係廣大人民群眾的身體健康和生命安全，直接關係改革發展穩定的大局，直接關係國家利益和我國國際形象。」[8]

因此，從中共黨中央和國務院重視的程度，可見今後中共中央將建立符合世界處理危機的機制，建立政府、媒體與民眾關係的媒體公關機制，展現中國政府民主化改革的信念與決心，希望藉由建立中國信息透明化機制，吸引有效資金不斷進入中國市場，而同時又不過份損害中國自身的國家利益。

## 五、央視抗 SARS 的輿論調控模式

「在我國，重要宣傳工作要統一組織協調，國內突發事件對外報導要統一安排部屬。中央其他報紙和地方黨委機關報要即時刊發新華社的重要新聞，轉載《人民日報》的重要社論和文章。各地廣播電台、電視台要以專用頻道完整轉載中央人民廣播電台、中央電視台第一套節目。」[9]

「防疫如作戰」是媒體向人民傳達出全國正在進行一場沒有硝煙戰爭的堅定信念。中國《孫子兵法》中講到其中一

項作戰的條件,就是要「令民與上意同也。固可與之死,可與之生,而不詭也」。中央媒體基本上是循這一方向來建立萬眾一心的意念,筆者根據央視製作的專題欄目和新聞聯播,來看媒體發揮聯繫人民意志和國家意志結合而唯一的作為。

## (一) 央視抗 SARS 特別欄目

| 欄目名稱 | 欄目頻道播出時間 | 欄目定位 | 抗SARS專題 |
|---|---|---|---|
| 央視論壇 | CCTV-新聞:周一至周五 22:33,時長 25 分鐘 | 一檔純粹的評論性欄目,白岩松將擔任該欄目評論員,這也是央視第一個冠以評論員稱謂的主持人。 | 關注非典 |
| 焦點訪談 | CCTV-1:1 每天 19:38,每期 13 分鐘 | 中央電視台新聞評論部 1994 年 4 月 1 日開辦的一個以深度報導為主的電視新聞評論性欄目。 | 面對「非典」的挑戰 |
| 共同關注 | CCTV-新聞:周一至周五 12:30 播出,時長 25 分鐘 | 對群眾反映的社會熱點、難點、疑點進行了解、調查、建議和反饋,開創一檔中央電視台反映民情民意,有鮮明特色的欄目。 | 進入隔離區 |
| 新聞會客室 | CCTV-新聞:周一至周五 20:27,時長 30 分鐘 | 以家庭式的客廳為演播室基本形態,在新聞頻道中以新聞人物為主要關注對象。 | 抗擊非典 |
| 東方時空 | CCTV-1: 07:15 CCTV-4:(重播) 15:15 CCTV-新聞:(重播) 14:10 | 雜誌型節目,93 年 5 月 1 日開辦,改變中國人早間不收看電視節目的習慣,被喻為電視改革先河。 | 全面報導非典 |

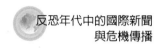
| | 週一至週日，時長 45 分鐘 | | |
|---|---|---|---|
| 東方之子 | CCTV-1：7：15<br>CCTV-2：17：30<br>CCTV-4：15：30<br>節目播出時長為十分鐘。每周播出五天，每天一位人物，全天滾動播出 4 次。 | 1993 年 5 月 1 日開播，人物訪談節目。 | 《真心英雄——抗擊非典人物系列報導》阻擊非典的日子 |
| 時空連線 | 每周一至周五 ，時長 17 分<br>早間：CCTV－1：7：15<br>午間：CCTV－1：13：00<br>CCTV－4：15：30<br>晚間：CCTV－2：17：30 | 選擇公眾高度關注的新聞事件，以多視窗形式訪問當事人，各個當事人之間也可以進行溝通，以完成新聞事件全面的透視分析。 | 同心協力抗擊非典 |
| 面對面 | CCTV-新聞：每周六、每周日 20：27 播出，時長 35 分鐘（重播）周六<br>CCTV-1：13：05<br>CCTV-4：16：10<br>周日 CCTV-4：00：05 | 該欄目是中央電視台新聞中心推出的一檔長篇新聞人物專訪節目。 | 人物專訪——姜素椿；：生死試驗（5 月 4 日）— 陳馮富珍香港抗炎之路（5 月 17） |

（作者整理 5 月 20 日以前央視抗 SARS 專題欄目）

　　其中《東方時空》、《東方之子》、《時空連線》、《焦點訪談》等曠日持久的欄目，早已深入老百姓家中多年，欄目每日播出，符合人們生活作息，主要是內容生動、人物互動性強，因此有穩定的收視群和口碑，其影響力是直接廣大的，今年 5 月 1 日開播的新聞頻道也開發了《新聞會客室》、

《共同關注》、《面對面》等反映輿情、關注非典人物為主軸的欄目，這段期間央視全面製作專題，以刻化抗疫英雄人物的高尚情操贏得了民眾的認同，這種認同感安撫了社會的恐慌情緒。

央視欄目全程觀注非典，央視新聞頻道主播非典、重磅出擊聚焦時事，除了以上欄目特別製作專門探討非典，其他欄目如《文化報導》、《體育報導》、《財經報導》等也會關注此一領域中防治非典的話題。此外，央視 5 月 9 日晚上 8 點在中央電視台 10 頻道現場直播播出節目時長 120 分鐘大型特別節目《我們必勝》。節目以大量的社會資訊和感人故事展示出一場人民抗擊「非典」的豪情和行動，共同呼籲全國人民萬眾一心，同舟共濟贏得最後勝利。

央視能夠把人們對非典的恐慌焦點，移情為對前線抗疫的醫護人員的讚揚和崇敬，媒體使人們情感有了歸宿，同時也讓人民獲得足夠的防疫資訊，如此信息傳播互動建構了全民同仇敵愾抗擊非典的共同意志，此時，國家意志與人民意志合而唯一，國家力量自然強大，克服全民公敵。

## （二）新聞聯播

| 新聞聯播／月.日 | 則數 | 新聞標題 | 新聞態度 |
|---|---|---|---|
| 4.2 | 1 | 溫家寶主持召開國務院常務會議研究非典型肺炎防治工作 | 中立 |
| 4.3 | 1 | 國務院新聞辦就防治非典型肺炎舉行記者招待會 | 中立 |
| 4.4 | 0 | | |
| 4.5 | 2 | 吳儀：建立完善突發公共衛生事件應急處理機制；WHO 專家認為，粵對非典型肺炎防治有成效 | 中立；正面 |

| 4.6 | 3 | 溫家寶視察中國疾病預防中心;衛生部、北京衛生局就非典型肺炎防治舉行記者招待會;世界衛生組織專家積極評價中國對非典型肺炎的處理防治工作 | 中立、中立;正面 |
|---|---|---|---|
| 4.7 | 1 | 廣東大部分非典型肺炎患者已經病癒開始正常工作 | 中立 |
| 4.8 | 2 | 世界衛生組織結束在廣東的考察;世界衛生組織專家表示:中國非典型肺炎已經得到控制並且被逐步清除 | 中立;正面 |
| 4.9 | 2 | 吳儀:中國政府有信心有能力控制並消除疫情;廣東非典型肺炎預防控制體系健全有效 | 正面;正面 |
| 4.10 | 3 | 衛生部介紹非典型肺炎工作進展狀況;北京市採取有效措施控制非典型肺炎;世界衛生組織專家組舉行記者招待會 | 中立;正面;中立 |
| 4.11 | 2 | 國務院台辦就非典型肺炎問題舉行新聞發布會;廣州全力防範和消除非典型肺炎 | 中立;正面 |
| 4.12 | 3 | 溫家寶到佑安醫院看望非典防治醫務人員;北京:醫護人員全情投入積極救治非典病人;香港市民認為政府遏制非典措施有效;世界衛生組織公布有關非典型肺炎情況 | 中立;正面;中立 |
| 4.13 | 4 | 溫家寶強調:切實做好非典型肺炎防治工作;衛生部要求加強非典型肺炎病源學研究的管理;科學家正在加強非典型肺炎病源;北京市已有8名非典型肺炎患者;養成健康生活習慣非典並非不可預防 | 中立;中立;中立;中立 |
| 4.14 | 4 | 胡錦濤同廣東醫護工作者座談時強調:始終把人民群眾安危冷暖放在心上,全力以赴做好非典型肺炎防治工作;五單位通知:嚴格預防通過交通工具傳播傳染性非典型肺炎;非典型肺炎防治緊急科技行動今天正式啟動;北京啟動疫情控制措施防治非典型肺炎 | 中立;中立;中立;中立 |
| 4.15 | 2 | 衛生部公布非典型肺炎疫情;醫學專家解答群眾關心的非典型肺炎防治知識 | 中立;中立 |
| 4.16 | 3 | 衛生部要求各地進一步做好傳染性非典型肺炎診療工作;全國交通等部門採取措施防止「非典」傳播;世界衛生組織駐京機構舉行答疑會 | 中立;中立;中立 |
| 4.17 | 1 | 中央政治局常委會:非典防治是當前重大任務 | 中立 |

| 4.18 | 3 | 溫家寶視察北京市部分學校防疫情況;人民日報文章:向偉大的白衣戰士致敬;全國各地學校採取措施預防「非典」 | 中立;正面;中立 |
|---|---|---|---|
| 4.19 | 3 | 衛生部要求各地準確上報非典型肺炎疫情;有疫情就有身影北京 2500 名防「非典」隊員在行動;專家訪談:加強自我保護科學預防「非典」 | 中立;正面;中立 |
| 4.20 | 4 | 中共中央對衛生部、北京市、海南省主要負責同志職務作出調整;國務院新聞辦就非典型肺炎防治舉行中外記者招待會;國家投入專項資金建設全國疾病預防控制機構;廣東、寧夏:科學協調 做好「非典」防治工作 | 中立;中立;中立;中立 |
| 4.21 | 7 | 溫家寶 13 號全國「非典」防治會議上講話發表;國務院決定向部分省市派出「非典」督查組;北京市落實防治「非典」措施;衛生部專家組在晉、內蒙古督導防「非典」;保障防治非典醫藥品供應電視電話會議;李肇星向外交團團長介紹非典型有關情況;國務院關於「五一」放假調休安排的通知 | 中立;中立;中立;中立;中立;中立;中立 |
| 4.22 | 5 | 為督查指導發病人數較少地區做好非典型肺炎防治工作 國務院向部分省、自治區、直轄市派出第三批督查組;各地積極採取措施防治「非典」;國家食品藥品監督管理局:建立治療「非典」藥物審批綠色通道;國家發展和改革委員會緊急部署開展全國防治非典型肺炎藥品和相關商品市場價格專項檢查;白衣天使:危機時刻顯英雄本色 | 中立;正面;中立;中立;正面 |
| 4.23 | 8 | 危難之中眾志成城全國人民齊心抗擊非典紀實;溫家寶主持國務院常務會議,成立國務院防治非典指揮部;中組部發出通知,要求黨員幹部在防治非典中發揮模範作用;危難之際顯本色;劉淇等在北京檢查「非典」防治工作落實情況;各地積極採取措施防治「非典」;「非典」防治小知識:醫學專家提出辦公室預防「非典」注意事項;央視《健康之路》將進行「非典」諮詢現場直播 | 正面;中立;正面;正面;中立;中立;中立;中立 |
| 4.24 | 10 | 溫家寶將出席中國－東盟領導人關於非典型肺炎問題的特別會議;吳儀:大力開展愛國衛生運動齊心協力做好非典型肺炎防治工作;劉淇:全面貫徹落實中央部署堅決打贏「非典」防治硬仗;國務院防治「非典」工作督查組在內蒙古/河南/寧夏等地 | 中立;中立;中立;中立; |

| | | | |
|---|---|---|---|
| | | 開展工作；中華全國總工會決定授予在抗擊「非典」中做出突出貢獻的單位和個人五一勞動獎狀和獎章；無私無畏的醫學專家姜素椿；衛生部強調非典疫情報告必須嚴格執行傳染病防治法；衛生部要求非典疫情實行日報告和零報告制度；國家批准第一個在高危人群臨床試驗的防非典藥品；防非典小知識：戴口罩也有講究 | 正面；中立；中立；中立；中立 |
| 4.25 | 5 | 全國防非典指揮部成立溫家寶部署10項工作；胡錦濤：悼念鄧練賢眾志成城戰勝疫病；人大常委會專門聽取國務院關於非典工作報告；全國人大常委會關注非典疫情變化和防治工作；「非典」防治工作組在晉、遼、湘展開工作 | 中立；正面；中立；中立；中立 |
| 4.26 | 10 | 胡錦濤簽署第三號主席令，任命吳儀為衛生部部長；吳邦國：統一思想和行動 齊心協力做好非典防治工作；溫家寶：團結一致同舟共濟，群防群治戰勝非典；黃菊檢查交通運輸部門工作，強調堅決打好非典防治這場硬仗；李長春強調：戰勝一切艱難險阻 奪取防治非典鬥爭最後勝利；吳儀向全國人大常委會報告「非典」防治情況；國務院派出第四批非典型肺炎防治工作督查組；中宣部通知：大力弘揚和培育民族精神，切實加強防治非典宣傳思想工作；衛生部追授葉欣等三位同志「人民健康好衛士」榮譽稱號；衛生部向廣大醫療衛生工作者發出慰問信 | 中立；中立；中立；中立；中立；中立；中立；中立；中立；中立 |
| 4.27 | 9 | 胡錦濤與布希通電話；曾慶紅在中央黨校檢查「非典」防治工作時強調 堅定信心紮實工作保持正常的教學和工作秩序；新華社全文播發《中華人民共和國傳染病防治法》；劉洪會見世界衛生組織官員；衛生部發出緊急通知：要求防止非典型肺炎在醫院的交叉感染；各地採取措施積極防治「非典」；專家認為：防治「非典」已經納入法制化軌道；新聞特寫：隔離區隔不斷真情關愛；專家提醒：注意做好家庭消毒 | 中立；中立；中立；中立；中立；中立；正面；正面；中立 |
| 4.28 | 9 | 經中央軍委主席江澤民批准全軍緊急選調醫護人員支援北京防治非典；溫家寶出席關於非典型肺炎問題的中國─東盟領導人特別會議；國務院非典防治督查組在陝西、福建開展檢查工作；新聞特寫：戰鬥在抗擊「非典」最前線；各地全力以赴構築農 | 中立；中立；中立；正面；正面； |

| | | | |
|---|---|---|---|
| | | 村「非典」防線；民政部明確非典型肺炎防治社會捐贈渠道；國家發改委公開曝光一批哄抬價格的案件；專家提醒：注意兒童預防「非典」；世界衛生組織專家組舉行新聞發布會 | 中立；中立；中立；中立 |
| 4.29 | 11 | 胡錦濤：運用科技力量，打贏非典防治的攻堅戰；溫家寶：切實加強預防做到有備無患；溫家寶出席關於非典型肺炎問題中國——東盟領導人特別會議；溫家寶在非典問題特別會議發表講話；回良玉在農業部調研時強調，切實抓好農村非典型肺炎防治工作；吳儀：全力以赴做好北京非典型肺炎防治工作；新聞特寫：用生命譜寫抗擊「非典」的讚歌；各地群眾立足崗位做貢獻，團結協作抗「非典」；財政部、衛生部要求做好農民和城鎮困難群眾非典型肺炎患者救治工作；《公眾預防傳染性非典型肺炎指導原則》發布；人事部發出加強預防非典型肺炎工作通知 | 中立；中立；中立；中立；中立；中立；正面；正面；中立；中立；中立 |
| 4.30 | 12 | 奮戰在抗擊「非典」第一線的醫務工作者；出發去最危險的地方；參戰，在最光榮的一線；賈慶林強調統一戰線要為奪取抗擊非典鬥爭的勝利獻計出力；曾慶紅在北京中日友好醫院及和平家園社區考察；全國防治「非典」指揮部部署加強北京及周邊地區防治工作；全國防治非典型肺炎指揮部致奮戰在防治工作第一線醫務工作者的慰問信；國務院派出第五批督查組協助、配合西藏自治區做好非典型肺炎防治工作；人民日報社論：發揚光榮傳統站在時代前列；五一各地群眾真情祝福抗非前線勞動者；廣東發放防非典 VCD；廣東北京重慶懲治不法之徒；國家開發委查處哄抬物價案 | 正面；正面；正面；正面；中立；中立；中立；正面；正面；中立；中立；中立 |

（作者整理 4 月份中央電視台新聞欄目「新聞聯播」有關非典型肺炎報導的新聞標題）[10]

　　筆者將新聞標題分類如下：

1. 號召抗 SARS：「危難之中眾志成城　全國人民齊心抗擊非典」、「堅決打贏『非典』防治硬仗」、「統一思想和

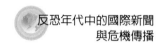
行動齊心協力做好非典防治工作」、「團結一致同舟共濟
群防群治戰勝非典」、「戰勝一切艱難險阻 奪取防治非
典鬥爭最後勝利」、「運用科技力量 打贏非典防治的攻
堅戰」、「切實加強預防做到有備無患」、「出發 去最
危險的地方」、「參戰 在最光榮的一線」、「統一戰線
要為奪取抗擊非典鬥爭的勝利獻計出力」、「發揚光榮傳
統 站在時代前列」等等。

2. 讚揚前線醫護工作者:「向偉大的白衣戰士致敬」、「有
疫情就有身影 北京 2500 名防『非典』隊員在行動」、「白
衣天使:危機時刻顯英雄本色」、「危難之際顯本色」、
「無私無畏的醫學專家姜素椿」、「悼念鄧練賢 眾志成
城戰勝疫病」、 「人民健康好衛士」、「戰鬥在抗擊『非
典』最前線」、「用生命譜寫抗擊『非典』的讚歌」、「各
地群眾立足崗位做貢獻 團結協作抗『非典』」、「奮戰
在抗擊『非典』第一線的醫務工作者」等等。

3. 強調政府舉措:「溫家寶主持召開國務院常務會議研究非
典型肺炎防治工作」、「全國交通等部門採取措施防止」
非典「傳播」、「衛生部要求各地準確上報非典型肺炎疫
情」、「中共中央對衛生部、北京市、海南省主要負責同
志職務作出調整」、「國務院新聞辦就非典型肺炎防治舉
行中外記者招待會」、「國家投入專項資金 建設全國疾
病預防控制機構」、「國務院決定向部分省市派出『非典』
督查組」、「保障防治非典醫藥品供應電視電話會議」、
「國務院關於『五一』放假調休安排的通知」、「國家食
品藥品監督管理局:建立治療『非典』藥物審批綠色通

道」、「國家發展和改革委員會緊急部署開展全國防治非
典型肺炎藥品和相關商品市場價格專項檢查」、「溫家寶
主持國務院常務會議　成立國務院防治非典指揮部」、「衛
生部要求非典疫情實行日報告和零報告制度」、「國家批
准第一個在高危人群臨床試驗的防非典藥品」、「全國防
非典指揮部成立　溫家寶部署 10 項工作」、「新華社全
文播發《中華人民共和國傳染病防治法》」;「經中央軍
委主席江澤民批准全軍緊急選調醫護人員支援北京防治
非典」、「《公眾預防傳染性非典型肺炎指導原則》發布」
等等。

4. 預防 SARS 知識:「養成健康生活習慣非典並非不可預
防」、「醫學專家解答群眾關心的非典型肺炎防治知識」、
「專家訪談:加強自我保護　科學預防『非典』」、「『非
典』防治小知識:醫學專家提出辦公室預防『非典』注意
事項」、「央視《健康之路》將進行「非典」諮詢現場直
播」、「防非典小知識:戴口罩也有講究」、「專家提醒:
注意兒童預防『非典』」等等。

　　新聞聯播每日報導的數量基本上都是以 15 則為主,由
表格中可知,4 月 2 日到 20 日之間,關於非典型肺炎報導
則數是在 0～4 則之間,而自 4 月 21 日至 30 日之間則維持
在 5～12 則之間,也就是報導數量和信息內容隨著疫情發展
到高峰階段,關於非典報導的則數也逐漸增加到接近新聞飽
和的情況,報導整體上反應了事態的發展,有別於二月中至
四月初報導的刻意漠視。

總體觀之，新聞標題呈現出的報導都是正面和反應事件的中立態度，事實上，縱使新聞標題呈現中立態度的報導在文本中仍使用正面宣傳和抗疫信心的新聞詞彙，因此，新聞聯播的報導中心思想非常一致且明確：就是以營造政府魄力、醫護者偉大、人民團結共克非典型肺炎度過難關的氛圍，並且加強民眾提昇自我防護意識。

## 六、新聞頻道開播是必然歸宿

中央電視台新聞頻道於 2003 年 5 月 1 日起試播，7 月 1 日起正式播出。新聞頻道全天 24 小時播出，每逢整點有新聞，整點新聞將以最快的速度向觀眾提供第一手的國內國際新聞資訊，突出時效性和大信息量，實現滾動、遞進、更新式報導，全天 24 檔。安排在整點新聞後的分類新聞主要有財經、體育、文化、國際四大類。[11]

對於央視而言，創建新聞頻道也是其歷年新聞改革的必然歸宿。晚 7 點《新聞聯播》是央視適應官方政治宣傳需要建立，依託現行體制而推廣的。緣於至今不變的現實體制需求，這一欄目 22 年面孔不變，但改為以頻道為單位，在適應官方政治宣傳需要的前提下，開設新聞頻道，是中國拓展更為廣闊的市場空間的必然趨勢。

新聞頻道從 5 月 1 日試播以來，落地情況良好。廣電總局有線衛星監測中心提供的數位表明，截至 5 月 9 日，全國所有省會城市和計劃單列市都順利落地。另據中央電視台衛星傳送中心提供的情況，該中心已向外售出 815 個解碼器。

其中，省級有線網 32 個，地市級有線網 333 個，縣以下有線網 450 個。目前，基本實現了新聞頻道的地市級覆蓋，縣以下有線網訂購解碼器踴躍。[12] 中央電視台新聞頻道節目傳送採取通過亞太 1A 衛星 C 波段 12B 轉發器覆蓋全國，與中央電視台 3、5、6、8 套加擾節目共用一個轉發器、同一個傳輸流，加擾傳送，免費收看。地區各有線台、網接收該節目只需增加與 3、5、6、8 頻道接收同類型號的解碼器。電視用戶可通過當地有線電視收看中央電視台新聞頻道的節目。[13]

值得注意的是，新聞頻道製作播出的《聲音》欄目，主題是讓民眾了解人大代表、政協委員的工作情況，可以看出中央媒體為落實滿足民眾監視、監督政府與政治參與權利的新聞信念，不過仍須待整體政治氣候環境改變，才有實質民意監督政府工作落實的可能，但無庸置疑，此一欄目是體現中國新聞理論轉型的具體實踐。《數字觀察》欄目在於建立協助形成人民輿論，凝聚民意力量的社會公器機制，重視媒體反應輿情、受眾資訊反饋的傳播機制。

央視建設新聞頻道的硬體條件已經完全具備，當前最為迫切的問題是轉換視角，真正以受眾為中心；重點開掘突發事件報導，與境內外媒介展開競爭。央視新聞頻道的設計原則如下：[14]

1. 公器性原則：對執政黨和國家的重大議題經常實行電視直播，能夠提高人民群眾對重大歷史事件的參與感和主人翁意識，保證人民群眾的知情權。

2. 市場化原則：在傳播競爭時代，一切有效傳播的關鍵在於以「受眾本位」來整合傳播內容。首先，24 小時大密度

報導新聞甚至不間斷滾動播出新聞，進而實現新聞現場的同步直播，從而聚集人氣，擁有更大的受眾群。其次，新聞播報時間和海量資訊，除正點播報新聞或半點播報新聞外，在一些非新聞時段或非黃金時段，穿插安排各種專題報導或分類新聞節目。

3. 法制化原則：維護國家整體利益，尊重公民個人的基本權益，接受社會和公眾的監督。

4. 國際化原則：積極與國際通行的新聞傳播方式接軌，認真學習國外同行的先進經驗，避免低水準、低層次的重複摸索。在新聞業務上奉行新聞與宣傳分離、報導（呈現事實）與評論（發表意見）分離兩個基本原則。

5. 整合性原則：可將台內 9 個頻道的新聞力量凝聚到新聞頻道上來，可統一計劃統一調度，實現新聞共用，還可以建成立統一的新聞選題策劃系統、新聞資料管理系統、新聞採訪傳送網路。新聞頻道還可以把台內外的力量合到一起，中央台及各地方台遇有重大新聞事件，可以通過微波、衛星、轉播車、移動衛星站、電話以及互聯網路等各種傳送手段及時地把新聞插到新聞頻道播出，實現全國電視新聞網的聯合。

## 七、知情權是落實憲法精神

知情權（The right to know）是美國記者、肯特・庫柏（Kent Cooper）首先提出使用的概念。當時他的主要興趣在於通過對知情權的宣揚，打破由於資本主義和社會主義意識形態對

立與北大西洋公約組織和華沙公約組織兩大軍事集團抗衡所造成國際傳播的障礙。1953 年，庫柏發表了《人民知情權》一書，他認為，資訊不能自由流通，其他的自由就會面臨危險。「知情權」這一概念指的是民眾享有通過新聞媒介了解政府工作情況的法定權利。庫柏認為知情權是新聞自由的基本涵義之一。二十世紀五十年代以後，知情權概念在西方新聞學中被大量使用。庫柏的思想引起了一場大眾媒介爭取知情權的運動。[15]

隨著當代民主制度的興起，公民的知情權被提上議事日程，被認為是在憲法保障新聞自由中發現的一項「潛在」的權利。也就是說知情權的實現除了保障公民自由地尋求、獲取、傳遞資訊的權利外，還必須借助政府的積極行為。自二十世紀六十年代以來，一些西方國家加強了立法工作，建立了政府資訊公開的制度，如瑞士、美國、丹麥、挪威、瑞典、法國、荷蘭、加拿大、澳大利亞等國家。[16]

美國報紙出版者協會和其他專業團體積極推動知情權的運動，這促使美國國會於 1966 年通過了《資訊自由法》（Freedom of　Information Act，FOIA）[17]，該項法律表明了新聞記者可以依法查閱有關政府工作的紀錄。《資訊自由法》的頒布有效地擴大了新聞自由的權利，這被看作是積極自由的充分表現，此後，積極自由通常被描述成「負責任的自由」。1976 年的《陽光下的政府法》（Government in the Sunshine Act），八十年代起，美國聯邦各州制訂了相應的公開會議記錄法（Open Records Law）[18]。資訊公開法把公民的知情權與對政府的相應義務加以規範，這也使得公民的

基本權利和新聞從業者的採訪和報導權有了可操作性。此外，俄羅斯於 1995 年先後通過施行的《國有媒體報導國家政權行為秩序法》和《關於資訊、資訊化與資訊保護法》[19]。資訊公開的做法是避免出現惡劣的政府，也替民眾為了切身利益參與公眾事務提供基礎。

十八世紀法國大思想家盧梭說到，「我以為主權不過是公共意志的運用，所以它是永遠不能讓渡的；主權體只是個集體，不能由他人代表。權力可以轉授，但意志不能轉授。」[20]，「被當作主權的那些權，實只是從屬主權的權，暗示其所予執行的最高意志。」[21]。盧梭認為，個人的自由行動在締結社會契約成立後，個人放棄其一切自然權力，交與社會，於是產生政治體，個人於是獲得政治權利，因此盧梭認為，唯有整個政治體才是最高權力──主權──的掌握者，無論從何事推理或事實來講，都不能認為主權另有歸屬。政治體的組成分子就是全體人民，那麼說主權體無疑就是說人民的全體。所以，關於主權歸屬的問題，盧梭的基本觀念是主權在民。

西方近代學者霍布斯、洛克和盧梭都提出政府與民眾的關係是奠定在社會契約的基礎之上。既然人民是國家的主權者，政府是實現民意的公權力機關，那麼，民眾就有權通過各種方式，其中主要是大眾傳播媒介，來了解政府工作的一切情況，以及其中政府主要決策的過程。唯有如此，民眾才能做出正確的辨別和確定的政治判斷，從而能選舉出自己信賴的政府成員，並且對他們進行有效的監督。

西方民主強調民眾藉助媒體做出政治判斷，有別於中國政府讓媒體指導民眾政治正確的傳播理念。由於中國政府正

全力建設經濟，民眾目前理解中國政體不宜像蘇聯解體般驟變政體，否則國家會陷入政治脫軌、經濟失調、社會失序的困境中。雖然中共黨章中也強調政黨合作，但是執政黨會扶植在野黨壯大也是戀難的，所以，民主的發展是需要人民自覺學習的，其中，信息傳播自由就非常關鍵。

建構民主機制的政權必須要為民眾落實政治參與提供必要的條件，事實上，議會政治並非完美的民主政治，囿於社會活動和產業結構，不適合全民議會的實現，因此媒體的接近使用權的倡議和保障，是協助人民政治參與、實現主權在民之憲政主義的最佳利器。因此，沒有知情權，就容易使得公民的言論自由權、選舉權、罷免權、參政權陷入空談。

從主權在民思想被納入各國憲法體系中的角度而言，人民的知情權被視為主權者的憲法行為。對此，美國學者強調，知情權的原則已經包含至美國憲法第一修正案中，其旨在於保障人民的宗教信仰自由，言論或出版自由，以及和平集會和向政府請願的權利。因此，人民的知情權被認同為「潛在」的憲法權利，賦予知情權憲法的法理依據，所以，剝奪知情權等同於是違憲的行為。

中國媒體在 SARS 發生之際，讓一向被忽視的媒體報導公眾事務滿足民眾知情權利的採訪報導權得到了最大的運用空間，由於疫情危害全民生命安全，使得人民依賴媒體報導獲取資訊的需求程度也大為提昇，民眾對抗疫英雄表達的敬意，以及對防疫知識的需求，這些大量的受眾資訊需求和反饋都讓媒體人感受到前所未有的成就感。

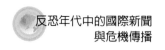
## 八、結論

自從中國十四屆全國代表大會宣布中共開始啟動中國
式的社會主義市場經濟道路之後，到今日的十六屆蕭規曹
隨，官方媒體為建設中國經濟扮演先鋒角色本也是無可厚
非，甚至說是至關重要的，因為中國社會在媒體正面宣導國
家經濟建設方針之下而顯得生氣蓬勃，中國人對未來感到前
程似錦與無限光明。但是，民眾知情權的落實在中國大陸仍
有待努力發展。

然而，SARS 這一公眾危機事件的爆發促使政府、媒體
和民眾資訊傳播的關係重新獲得認知與排列，長期以來民眾
對公眾事務知情權益的被剝奪，因為 SARS 爆發而浮上檯
面，中國政府在四月初能夠即時化危機為轉機的務實態度，
是推進中國新聞理論走向世界新聞規律的重要關鍵。

這幾年大陸各地方媒體不斷進行縱向與橫向整合，顯示
地方媒體無不為佔領媒體市場累積實力，莫不對資訊市場開
放而摩拳擦掌，全國媒體為開拓市場準備開跑作出熱身，這
種競爭壓力也同時反映在中央級全國性的中央電視台上，在
互聯網和手機短信無孔不入的信息爆炸時代，若是將來中央
對新聞聯播全面解禁後，受眾是否還會繼續選擇央視新聞作
為權威的消息來源管道，是中央官方媒體必須認清考量到的
事實，也就是央視新聞是否仍繼續對群眾發揮輿論影響最深
的功能，是中央政府與中央媒體必須首要考量的要素，而央
視新聞頻道的誕生是鞏固大陸新聞版圖、落實新聞理論與西
方接軌、定位全球華人的具體產物。

　　總言之，近期綜觀央視的發展態勢，可以看見中國大陸中央媒體已經為資訊市場開放而蓄勢待發的端倪，然而，在電視媒體以滾動式且密集式報導戰事而爭取新聞市場佔有率的同時，以及記者逐漸建立專業性與自主性權威之際，有關於媒體接近使用權、新聞內容的道德考量將是中國大陸媒體另一項必須要同時考慮的社會責任。

## 註釋

1. 《胡錦濤總書記主持召開中共中央政治局會議》，新華網（http：//www.xinhuanet.com），2003 年 3 月 28 日。
2. 《李長春：宣傳思想工作要在「三貼近」上取得新進展》，人民網（http//www.people.com.cn），2003 年 4 月 3 日。
3. 于澤遠：〈美伊開戰　中國媒體也開戰〉，《聯合早報》（新加坡），2003 年 3 月 21 日。
4. 〈央視伊拉克戰事報導反應強烈〉，央視國際（http：//www.cctv.com），2003 年 3 月 30 日。
5. 〈伊戰爆發央視成大贏家〉，http：//www.chuanmei.net，2003 年 4 月 8 日。
6. 《21 世紀環球報導》，2003 年 2 月 17 日，第 5 版。
7. 〈溫家寶主持國務院常務會研究非典型肺炎防治〉，新華網，2003 年 4 月 3 日，時間：08：25：36。
8. 溫家寶：〈加強領導落實責任　堅決打好非典防治硬仗〉，新華網，2003 年 4 月 21 日。
9. 廖永亮：《輿論調控學》（北京：新華出版社，2003），頁 192。
10. 中央電視台新聞聯播 4 月 2 日至 30 日網頁。
11. 〈中央電視台 5 月 1 日推出新聞頻道〉，央視網站。
12. 央視新聞頻道開播反響強烈，央視國際，2003 年 05 月 12 日（12：55）
13. 中央電視台新聞頻道精彩節目大拼盤，央視國際，2003 年 04 月 24 日（16：15）
14. 徐耀魁主編：《西方新聞理論評析》（北京：新華出版社，1998），頁 230。
15. 徐耀魁主編：《西方新聞理論評析》（北京：新華出版社，1998），頁 230。

16.魏永徵：《新聞傳播法教程》（北京：中國人民大學出版社，2002），頁 8。

17.1974 年，美國修正《資訊自由法》，進一步擴大政府公開違建材料的範圍，並規定了在政府拒絕公開資訊的時候，公民得向法院提出訴訟的法律程式。英美的司法機關是透過判例的司法解釋來確立和發展知情權的思想。例如，1974 年的水門事件中，新聞界要求尼克松總統交出有關材料，遭到總統拒絕。尼克松辯稱為了公眾利益可以不透露資訊資料，至於甚麼是公眾利益則由總統決定。然而美國最高法院駁回了尼克松這種主張，認為公眾利過於廣泛，須由法院裁決是否符合者一標準。法院作出了有利於新聞界並確立知情權的判決成為以後相同事件的判例。

18.徐耀魁主編：《西方新聞理論評析》（北京：新華出版社，1998），頁 231。

19.請參閱《記者法律總覽》，俄文版（莫斯科：斯拉夫對話出版社，1997）。

20.盧梭（Jean-Jacque Rousseau）著，徐百齊譯：《社約論》（台北：台灣商務印書館，2000；台二版一刷），頁 34。

21.同上，頁 37。

# 二十七　極端事件考驗俄傳媒

　　一場由俄羅斯政府主導、俄媒體聯盟主辦的「極端事件與新聞媒體」的研討會將在 2 月底舉行。主辦單位是「媒體聯盟」。該機構成立於聖彼得堡，「媒體聯盟」是由普京政府撥款支持的媒體領導人組織。媒體聯盟與由西方支持的俄羅斯記者協會形成支持政府與監督政府兩派的媒體工作者單位。媒體聯盟主要的成員是媒體高層領導，而俄羅斯記者協會的成員則是一般新聞工作者。這場研討會的目的是為了總結與定位在別斯蘭人質事件後，國家安全與新聞報導的互動關係。

　　2004 年 9 月 1 日，在俄境內爆發的別斯蘭人質案仍令人記憶猶新。當時俄媒體工會緊急在案發之日發表聲明表示，希望俄媒體能夠遵守兩年前媒體聯合簽署的反恐公約，並且重申指出：「在發生極端事件時，救人與保護生命的人權要先於任何其他公民權利與言論自由」的新聞原則。工會強調，恐怖極端事件雖不能作為箝制新聞自由的理由，但是媒體要發揮自律精神，遵守反恐公約的新聞原則。俄三大電視台於 9 月 1 日晚間的新聞收視率反映出：媒體高層沒有做出延長新聞時間的決策，顯示了收視效益，在俄當局反恐大業面前，必須被暫且擱置在一旁。

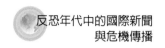
## 極端事件促收視攀升

　　俄傳媒在三天的別斯蘭人質案中，都將此事件放在第一關注的焦點，各媒體官方網站的主要頁面都是此案的連續報導。其中兩大國營聯邦級電視台——俄羅斯第一電視台和俄羅斯電視台的網站上也都加設了許多視頻報導。據蓋洛普媒體調查結果顯示，第一電視台新聞品牌節目《時代》新聞與《夜間時代》收視率最高；俄羅斯電視台的新聞品牌節目《消息》特別報導系列緊追在後；獨立電視台的新聞品牌節目《今日新聞》雖然相對收視較低，但同樣具有不可小覷的影響力。俄三家電視台的新聞時段平日也都是分開播出的，這基本上分散了收視的強烈競爭性，而增加了新聞收看的延續性與比較性。平時《時代》新聞雖然播出時間最晚，但是收視比率高過七點播出的《今日新聞》和八點播出的《消息》新聞。《時代》新聞這個新聞品牌自蘇聯時期就延續下來，口碑一直相當穩定，雖然歷經蘇聯解體，電視台曾多次被政府更名，但仍未能消滅第一電視台《時代》新聞欄目長久所建立的新聞品牌。

　　在爆發別斯蘭案當天，俄羅斯電視台與獨立電視台增設晚夜間整點特別報導，仍無法撼動第一電視台在深夜播出的《夜間時代》新聞所培養出來的固定收視群。俄羅斯電視台的《消息》新聞是俄聯邦政府發布信息的主要權威管道，近幾年來此一新聞欄目收視穩定成長。獨立電視台的《今日新聞》則收視處於逐漸滑落的窘境，《今日新聞》一向以快速、獨立與辛辣報導各類型新聞事件而著稱。在別斯蘭人質案

中，獨立電視台是第一個發布帶著嬰兒的婦人被釋放的消息。但幾分鐘過後，以國家聯邦首席電視台姿態出現的俄羅斯電視台則率先播放了事件的新聞畫面。俄羅斯電視台近一年來也改以「俄羅斯」（ROSSIA，俄語發音）取代原來俄羅斯電視台的縮寫（RTR），該台希望藉此繼續打響俄羅斯聯邦電視台的新聞品牌。當 9 月 1 日別斯蘭案爆發時，第一電視台「時代」新聞的報導仍是按照往常時段播放新聞，並沒有開設其他的特別報導。「全俄羅斯國家電視廣播公司」的集團總裁杜伯羅傑夫就認為，「今天俄羅斯的生活進入了一個空前的時刻，社會利益與國家利益重疊在一起，這可以解釋為聯邦中央級的俄羅斯國家電視新聞節目擁有長期穩定的高收視率。他表示：「兩年前，獨立電視台可以說是信息王國的領先者，而現在這個現象已經不存在了，信息機構可以站在比較平等的基礎上競爭。」

## 俄政府控制電視發射權

俄聯邦級三家電視台都沒有開設專業新聞頻道，乍聽之下或許覺得落伍，但深究其原因基本有二：一方面資金與資源有限，但另一方面更重要的是俄政府至今仍不放鬆對電視台空中信號發射權的開放，這是俄中央對國營和商營電視台所保留的內容審查最後控制權。政府有了這個發射控制權，如今俄電視發展就比較容易再從商業化走向國有化與公共化的道路上來。畢竟，俄政府對於俄羅斯電視台和其他的國營或私營電視台有著不同程度的要求。俄政府相當注重國家

電視台與商業電視台的區隔性，目的就在於兼顧俄電視事業
所需的傳統繼承性和創新發展性。

2000 年後，俄政府的國有資本進駐俄最大的商業電視台
——獨立電視台，在普京媒體政策限制之下，獨立電視台新
聞辛辣力度與消息來源逐漸減弱，收視情況不如從前。獨立
電視台所擅長的突發性事件報導模式，已經與媒體寡頭古辛
斯基媒體管理時代大相逕庭。原來在上世紀九十年代中期後
出現的醜聞新聞已經式微。醜聞新聞的報導框架就是將俄政
府放在可被眾人取笑與揭醜的標準上，這種報導框架導致了
俄政府官員的威信形象大大受損。但這種報導卻在當時普遍
被狹隘地認定是民主的與自由的。美國扒糞新聞的做法，被
俄商業媒體簡單理解成公眾人物隱私的揭露運動，而媒體所
應承擔的真正影響國家利益與公民利益的新聞輿論監督功
能卻鮮有能夠發揮出來。新聞報導的衝突性與感觀性卻是商
業電視台慣用的操作方法。若在九十年代俄羅斯傳媒追求的
是新聞自由所帶來的市場利潤，那麼在二十一世紀初期，俄
羅斯傳媒更加注重的是國家安全與社會輿論監督的公眾利
益。這被視為俄傳媒轉型成功與否的關鍵問題。

**反恐任務中的新聞原則**

上個世紀的九十年代，處於轉型中的俄政府與媒體，對
於國家安全和新聞自由領域之間的拿捏，還不是十分堅定與
自信。自第一次車臣戰爭爆發多年以來，別斯蘭人質事件可
以說是俄媒體報導極端事件的轉捩點。因為在反恐公約的自

律公約的約束之下，俄媒體在極端事件爆發時，基本上是持「先報導後討論」與「事實陳述多於批評討論」的態度，以及「救人與生命人權先於言論自由」的新聞報導原則。商業利益會被放在其次的位置。俄聯邦級三家電視台應如何在緊急狀態中處理新聞自由與國家安全的關係，此時已經大抵取得了一定程度的經驗模式，這應該是普京總統多年涉入電視經營權與致力新聞政策改革所樂見的景象。

（本文於 2005 年 2 月 2 日刊登於《大公報》評論版）

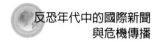

# 二十八　媒體責美政府無力救災

　　這場風災本身對於美國人來講是非常不幸的，但它卻暴露了美國在上個世紀克林頓執政期間高經濟發展之後，布什一再強調單邊主義和反恐政策所帶來的社會非平衡發展的現狀，布什在這五年的執政期間在國家經濟發展方向上最終選擇了全力發展大型企業的模式。

　　卡特里娜颶風早前連日襲擊美國南部數州，截至9月20日為止，確認的死亡人數達到 973 人，颶風造成 27.4 萬人流離失所，40 萬美國人可能因此失去工作，更有美國議員估計損失將會達到 4000 億美元，全市被淹沒的新奧爾良市的全體市民將撤離至少數個月。這應是將近百年來美國最嚴重的天災。美國總統布什提前兩天結束假期來處理風災事務。他乘總統專機在高空視察部分災區，回到白宮進行電視廣播說，這次風災是「美國歷史上最嚴重的天然災害之一」。布什估計「災區的重建，料需數年，美國在災區地面上需面對的各種挑戰，是前所未見的」。1906 年美國舊金山大地震估計的死亡人數由 500 至 6000 不等，而 1900 年得州的大風災據稱也奪走了 6000 至 12000 條人命。因此，單以傷亡數字論，卡特里娜風災堪稱將近百年來最大的天災。

## 暴露布什經濟政策弊病

　　現在看來，這場風災本身對於美國人來講是非常不幸

的，但它卻暴露了美國在上個世紀克林頓執政期間高經濟發展之後，布什一再強調單邊主義和反恐政策所帶來的社會非平衡發展的現狀，布什在這五年的執政期間，在國家經濟發展方向上，最終選擇了全力發展大型企業的模式。

在「9‧11」事件之後，布什發現了美國經濟發展的新路子或稱新模式，這就是利用美國在電子和網絡產業取得的優勢地位，使美國的傳統產業得以復甦。這種復甦的方式是一種現代與傳統相結合的方式，比如美國在本土的工業、電子業基本上已經外移的情況之下，美國國民經濟的發展已經全面減少對於石油的需求，美國在進入伊拉克之後已經全面控制了全世界大部分的油田，在全世界的石油期貨市場上美國可以製造人為性的石油高需求，另外再加上在期貨市場上美國基金的全面介入，石油成為隨著美國經濟發展起舞的工具。據相關媒體報導，在這場石油價格戰中，其實主要有三個大的美國基金在期貨市場上翻雲覆雨。這樣在沒有經濟增長的情況之下，美國硬是通過戰爭找到了全面控制石油的權力，隨後美國最重要的石油產業由此而獲得重生，並開始獲得巨大的利益。這對於美國的大資本企業來講確實是一件好事，但布什的這種經濟發展模式取得成功的前提一定是國內整體環境非常穩定。在這場颶風吹過之後，布什罔顧民生的經濟發展模式的弊病已經完全暴露在大眾的面前。

**奢談反恐不得人心**

總統布什在自己外交政策中過度強調反恐和冷戰時的

對手，而對於國內問題布什卻疏於管理。這主要是布什認為國內問題並不會帶給自己選票，美國現在的總統選舉基本上已經成為少數人的選舉，這是因為每次總統選舉中有效選民的人數都不超過 50%，這樣只要選舉候選人抓住少數選民中的多數偏向自己思想和信仰的選民，就可贏得大選。如果贏得選舉不靠多數選民的話，美國總統必然會服務於少數的選民，這使得布什對於美國的經濟發展有了一套自己的模式，這種模式基本上是各種外交思維和單邊主義的複合體，這主要包括用單邊外交思維來擴大美國在全球的利益，這包括美國在伊拉克開展的戰爭。在戰爭之後，美國開始左右全球石油的價格，在短短的一年時間，全球石油的價格已經飛快上漲到 70 美元左右，這是全世界企業家都難以想像的。這其中一個非常主要的原因就在於美國在克林頓主政時期，代表新經濟的電子和網絡產業已經達到了頂峰，布什在接任總統之後，如果再想有所突破的話，是非常不可能的任務，這時石油這一傳統的戰略資源再次成為美國的武器。

在這次風災中，美國聯邦緊急事態管理局（FEMA）全面負責救災工作，但該局局長邁克爾‧布朗在 9 月 9 日辭職。美國《時代》周刊在布朗被解職的前一天披露，布朗在個人簡歷中捏造了指揮救災的實際經驗。在「9‧11」事件發生之後，FEMA 併入新成立的國土安全部，這間接表示防災已讓位於反恐。《紐約時報》發表文章表示，國土安全部全部預算的 80%用於預防恐怖襲擊，20%用於化解災情，而如果國土安全部連一場自然災害都應付的如此糟糕，那又如何奢談反恐呢？美國有線電視新聞網的調查顯示，人們對布什的

不滿主要表現在兩個方面：在颶風到來前重視不夠，颶風到
來後又低估了災情。

## 政府與學者離心離德

　　布什在執政期間一直都存在著另外一個問題：就是美
國的大部分精英分子一直是反對布什的單邊主義，並且在不
同場合都對布什表示了不滿。這裡最主要的問題就在於布什
為了連任而開始忽視美國國內的建設，在外人看來美國現在
已經是完美無缺的了，但很多的有識之士都認為美國內部還
是有很多的問題尚待解決，比如美國問題最多的醫療制度改
革，美國的醫院可以說是醫療費最貴的國家之一。美國政府
與知識分子階層的矛盾現在出現的問題，就是美國知識分子
的意見在政府官員看來是空洞的，如果布什政府不發動伊拉
克戰爭的話，美國將會有大量的預算用於美國的基礎建設。
但問題是如果政府投入這些錢的話，這些基礎建設並不會為
美國帶來太多的經濟增長效益，而如果美國對外採取戰爭的
話，戰爭會為跨國企業帶來大量的訂單，美國將會再發一次
戰爭財。

　　今年是美國「9‧11」事件 4 周年，美國發動的「反恐
戰爭」也進入第 4 個年頭。但跟去年相比，「反恐戰爭」並
沒有取得什麼新突破。可以說，美國民眾和學界對這一戰爭
的前景越來越感到迷惘和困惑。美國在「9‧11」事件之後
逐步推出了以「單邊主義」和「先發制人」軍事打擊為特點
的策略，這不但構成了美國的國家安全戰略，也成了美國「反

恐戰爭」的指導原則。但事實證明，無論是「單邊主義」還是「先發制人」的軍事打擊都行不通。美國雖然輕而易舉地推翻了薩達姆政權，但由於缺乏聯合國、國際機構和世界各國的有力支持，在伊拉克重建問題上屢屢受挫。在伊拉克戰爭問題上的慘痛教訓使美國政府不得不在「單邊主義」和「先發制人」的軍事打擊問題上加以反思。

## 美伊戰爭影響新聞研究

　　美國總統當初還認為沒有人能夠預料到新奧爾良市的防洪堤會決口。但事實是，路易斯安那州立大學工程師約瑟夫・舒豪伊道近幾年來曾屢次警告說，新奧爾良市的防洪堤可能垮塌。《新奧爾良時代花絮報》於 2002 年刊登的長篇連載文章甚至預測了防洪堤決口後的情景。文章說，20 萬或者更多的居民將無法疏散，數千人會死亡，人們將在體育場棲身，由於道路被洪水沖垮，救援人員將無法到達市區。遺憾的是，警告沒有引起政府重視。結果，這篇文章中彷彿聳人聽聞的預言如今在新奧爾良一一應驗。

　　現在在新聞學的研究上我們也可以發現美國政府對於新聞學的影響。聯合國教科文組織所屬的一級學會 IAMCR 在 2005 年 7 月所主辦的台北年會上，著名學者、教授道格拉斯・康乃爾就在大會的主題發言當中，用了近半個小時的時間直接諷刺現任總統在任上的作為。他認為在布什總統執政的這段時間，美國新聞學的發展已經完全轉移到反恐的議題上來，新聞的發展如何配合政府的反恐行動。但在大部分歐洲

國家的新聞學研究還都集中在電視的體制、報紙的影響力和
國家的互動上，他本人表示不知道這對於美國來講是一種進
步還是退步，但他本能的認為這樣會使本來已經非常商業化
的電視節目會在這樣的緊張氣氛當中加速庸俗化，這是美國
新聞研究學者所不願意見到的。在聽道格拉斯‧康乃爾教授
的報告時，使筆者想到另一位紐約城市大學的副教授林達‧
珀勞特，她在廣州暨南大學的報告中同樣提到這樣的問題，
在她報告的同時還有美國駐廣州的領事館官員旁聽，在這種
情況下林達‧珀勞特還沒有停止對於布什政府的指責，看來
美國政府官員與知識分子之間的隔閡，已經開始逐漸擴大。

（本文於 2005 年 9 月 26 日刊登於《大公報》評論版）

# 二十九　危機面前的公民新聞觀

香港媒體在這次印度洋海嘯的危難當中，展現了關心災民救助的人道主義精神，發揮了號召民眾參與救災行動的倡議功能與聯繫角色。媒體這個公共平台確實能夠讓人們感受到社會各界人士「將心比心」、「設身處地」、「為人著想」、「愛無界線」的力量。香港媒體在這次海嘯災難發生後已經展現了一種公民新聞的共同意識，這正巧在美國學界已經倡議多年。

2005 年的年關將近之際，南亞地區的居民和在那裡度假的各國遊客，迎來的卻是一場史無前例的巨大海嘯，這場自然災難瞬間帶走了數以十萬計的人類生命。筆者覺得，香港媒體在這次印度洋海嘯的危難當中，展現了關心災民救助的人道主義精神，發揮了號召民眾參與救災行動的倡議功能與聯繫角色。媒體這個公共平台確實能夠讓人們感受到社會各界人士「將心比心」、「設身處地」為人著想的「愛無界線」的力量。香港媒體在這次海嘯災難發生後，已經展現了一種公民新聞的共同意識，這正巧在美國學界已經倡議多年。

## 新聞影響公民活動的積極性

美國傳播學者 Kensick 去年曾在「J & MC Quarterly」（《新聞與傳播學季刊》的春季號）中探討了媒體在解決社會問題中扮演的角色。她認為上世紀九十年代的美國，由於

媒體對公民的社會活動與非營利性公民組織報導相當付之
闕如，使得媒體新聞版面的文本中所建構的犬儒主義和漠視
公眾組織信息的陳述架構相當普遍，這造成了公眾事務與公
民之間產生了疏離。事實上，在美國社會的實際生活當中，
卻存在著相當大比例的成年人口與公民組織都正在參與和
享受社區的公共活動。因此她提出要建立公民社會，首先需
要進一步強化媒體的積極參與性功能，她建議應該推動一種
以公民生活為中心的「公民新聞學」。

Kensick 認為，媒體不關心困擾公民的社會問題的原因
是，第一，新聞版面中缺乏討論或指出社會問題的屬性：這
包括了問題產生的明確原因、影響和責任歸屬者；第二，文
本中很少提及與非營利性公民組織和獨立性個體有關的詞
彙，像「environmentalist」（環保人士）、「activist」（活
動家）、「advocate」（倡議者）等詞彙；第三，媒體並沒
有討論對這些社會問題可能有的解決方案；第四，新聞文本
中也沒有呼籲讀者去響應社會活動。因此，Kensick 推斷，
公民之間的疏離感，乃來自於社會問題與非營利性公民組織
活動或是獨立個體行為之間缺乏具體且有效的聯繫信息。

## 新聞典型塑造社會認知

西方許多研究已經做出關於媒體對於社會問題報導所
具有的典型性刻板陳述框構，並且探討了公眾冷漠的研究，
原則上已經測定出讀者在接觸明確的外在信息之後態度與
行為的變化。許多研究均顯示，讀者通常會忘記被媒體報導

的事件的具體組成要素，但是讀者會對事件留下一個總體的概念印象，隨後這個印象將會慢慢地融入到讀者對世界的認知當中。這種新聞文本扮演著人們對周遭世界做出決定的基礎架構的信息提供者角色。

美國政論家 Lippman 在二十世紀初期最早提出，新聞可以塑造人們對他們不能親身經歷各種事物的認知態度。Barker-Plummer 發現，新聞就如同是真實的權威版本。Gitlin 認為，新聞藉由它自身的許多特點：普遍性、新鮮度、接近性以及語言符號最為集中的廣泛性，專門編織著人們每天的意識思維。因此，新聞報導與讀者對事件的認知程度有直接的關係。然而，媒體製造的集體認知符號，同時也可能導致個體獨立思考能力的喪失，以及媒體提供的信仰有可能使得個人可以藉著自身努力去影響政治的和社會事件的獨立能力喪失，這被許多學者視為一種民主價值的危機。例如部分美國學者認為，美國的情況顯現黯淡陰涼，一種深入的犬儒主義散布在政治體系中。美國民眾普遍缺乏關心政治過程，持續降低對政治機構的信任度。並且在接觸媒體報導曝光的政治候選人或是政治黑馬的新聞之後，選民群會變得相當立場鮮明。在過去很長的一段時間裡，美國大眾傳媒已經訴諸於聲音的刺激和感覺主義的「攻擊新聞學」，缺乏解釋的新聞近來造成社會資本的破壞。因此，在過去遵從「客觀新聞學」的基礎上，記者與編輯為讀者解釋和提供事件歸因與背景資料成為「客觀新聞學」的新出路，例如解釋性報導、調查性報導、預測性報導、服務性報導、計劃性連載、人物特寫與專欄等等。

　　Gamson 歸咎是媒體一般的習慣操作，促使了冷漠、犬儒主義和無動於衷，忽略了倡導公民權利義務和社會參與。此時，媒體的傾向變成「潮流」，對少有選擇或完全沒有媒體資源的廣大公眾與機構而言，社會問題的知識以及公眾對社會議題的了解，源自於媒體提供的過時框構的刻板描述上。例如，非洲裔美國人被刻板描述成窮人，窮人通常被刻板地描述成為懶惰的、兩性上不負責任的和犯罪偏差的人。犯罪者被陳述為病態的個體，活在受到貧窮襲擊的城市區域中，通常遭受酗酒和吸毒嗑藥之苦。但是，統計顯示了在暴力攻擊者之中，在美國 62%的州監牢和 80%的聯邦監牢中的監禁者並沒有在犯罪時酗酒和嗑藥。因此，這顯示了美國新聞中存在的過時陳述方式，已經落後於社會實際生活的危機。

## 「框架」設定公眾認知方向

　　新聞可以被理解為暗示某種意義的敘述。London 認為「新聞與信息沒有內在的價值，除非它組織和提供連續有意義的情境。」「有意義的情境」指的是塑造一個新聞素材的「框架」。Hertog and McLeod 認為，「框架」通常詮釋一個事件，決定什麼可獲得的信息是相關的。Entman 定義「框架」是可以增加一個情節特殊方面的顯著性，藉此提高一個特定的問題界定、因果說明、道德評價、態度建議的顯著效果。這些關於「框架」的定義，可以較好地提供理解公眾和社會議題之間的關聯性。Friedland、Rosen and Austin 則認為，美國學者持續推動公民新聞學的目標在於加強「公民文

化」，藉著致力於社區的再結合，引導他們參與政治和公民
事務。因此，如果在新聞文本中，個體行動、社會問題和從
事解決社會問題的非營利性公民組織之間的關係一旦被建構
形成，那麼公眾便可以開始涉入其中去積極參與社會活動。

（本文於 2005 年 1 月 17 日刊登於《大公報》評論版）

# 三十　災難新聞應具人道關懷

　　當日的空難報導中，以新華社的報導相對及時與多面。反觀在中國擁有 12 億收視人口和 3.4 億收視用戶的電視觀眾，在直至當晚的新聞報導中，僅能得到中央電視台播報員簡單幾句按照新華社新聞稿所做出的新聞台詞，這令人感覺到電視台在災難性新聞中缺乏對民眾關心議題的人道關懷。相關政府領導也沒有親自出面向全國電視觀眾說明事故的原由，這等於拉遠了官員和民眾之間的溝通距離，顯示政府危機處理的新聞機制也是相對滯後的。

　　11 月 21 日，在中國內蒙古包頭市發生了一起空難事故。一架東航雲南公司飛航班次 MU5210 由包頭飛往上海的 CRJ-200 型飛機，在 8 時 21 分從包頭機場起飛一分鐘後無預警地墜毀，截至 17 時 10 分左右，機上乘客 47 人、機組 6 人、地面人員 1 人的一共 54 人全部不幸罹難，遺體殘骸也已找到。

　　然而，從人道關懷角度出發，關於在空難中罹難者的名單、死者家屬的聯繫、當局安排家屬認屍的執行工作、民航應有的責任賠償，以及旅客應如何購買飛安保險等等民眾所關心的切身議題，在當天的新聞中還是顯得相當不足。整體而言，災難新聞對民眾的貼近性與切身性沒有被體現出來。

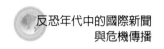
## 新華社報導獨撐場面

　　在當日的空難報導中，以新華社的報導相對及時與多面。反觀在中國擁有 12 億收視人口和 3.4 億收視用戶的電視觀眾，在直至當晚的新聞報導中，僅能得到中央電視台播報員簡單幾句按照新華社新聞稿所做出統稿的新聞台詞，屏幕上只有出現幾位領導人組成調查小組和打撈者工作的短暫畫面，這令人感覺到電視台在災難性新聞中缺乏對民眾關心議題的人道關懷報導。此外，相關政府領導也沒有親自出面向全國電視觀眾說明事故的原由，這等於拉遠了官員和民眾之間的溝通距離，顯示政府危機處理的新聞機制也是相對滯後的。令人擔憂的是，媒體人經常會擔心大量災難性報導是否會造成政府形象的傷害或是影響民航的信譽，其實問題在於災難性報導本身就是負面的，報導數量的多少並不會減少人們心中的陰雲，這種站在政府的政治與經濟利益的考量，而非站在服務民眾角度的出發點是多此一舉的，會使得中國傳媒在整體空難報導中給人以冷漠刻板的印象，也勾起民眾以前對搭乘民航時遭遇到所有不愉快的回憶，勢必也會導致社會大眾對諸如此類的災難事故產生一種社會冷漠的態度，最後所有出現不好後果也將由政府買單。再者，由於媒體與政府間缺乏「危機處理」中心的平台和機制，這終將會弱化民眾對政府處理危機事故的檢視能力，和喪失對媒體獨立自主性的信任觀感，並且將妨礙社會本身組織對罹難者家屬的人道關懷與救助行動。

　　在 21 日中國傳媒對包頭空難事故的報導中，屬新華社的報導最為及時與多面，但報導題材顯然也有深度與寬度不足的問題，不過在許多方面仍體現出它的專業性：包括對飛機機型與出產公司的介紹，以及該類型飛機在中國使用的情況，但缺乏對墜毀飛機服役年限與維修狀況的報導；對包頭機場接待罹難者家屬的報導，但缺乏對家屬名單以及家屬是否提出了解事故情況要求的相關報導；對調查小組工作的報導，但缺乏報導調查組匯報的內容為何；對東航採取措施的報導，但缺乏東航對事故可能產生的原因以及對罹難者家屬慰問賠償的報導；雖有關於失事地點的報導，但缺乏對現場環境是否造成失事原因的詳細描述。

　　總體而言，新華社報導雖然面面都提到，卻件件都不詳盡。這樣隔靴搔癢的簡短報導，只能讓受眾產生這樣的感受：就是媒體都有在報導，政府也有在處理，但是受眾卻無法進一步了解整個事件的各種信息。囿於受眾不可能親自跑去事故的現場，受眾在這裡只能仰賴傳媒的報導，倘若沒有深入的報導，公眾根本無法放心將來各種災難發生在自己身上時會有怎樣的悲慘處境，傳媒的失職勢必深化社會的隔閡。反觀在 SARS 期間，傳媒在緘默了 3 個月後，不也體認到其在社會中扮演信息傳播者與社會團結力量的黏合劑角色。

## 電視傳媒失語顯社會冷漠

　　電視傳媒對罹難者的名單、死者家屬的聯繫、當局安排家屬認屍工作、民航責任賠償，以及旅客應如何購買飛安保

險等議題的失語現象，只會讓民眾看到政府根本不太關心一旦人民遇難之後的善後問題，這恰恰是政府與媒體在刻意壓縮新聞量之後所不樂見的反應，但是媒體報導與政府本身若不先從人道角度出發，反而會產生這樣的結果。災難性新聞雖然要謹慎處理畫面，包括避免出現血腥的鏡頭、煽動的背景配樂或刺激家屬的言詞，但是這不意味著可以完全沒有現場的採訪報導。縱然災難是負面的事情，但是媒體之所以在大眾生活中扮演不可或缺的角色，其魅力所在就是傳媒本身對於社會成員之間的聯繫，其中一項就是患難與共的情感聯繫，成功的新聞報導可以喚起人們情感的凝聚，這時媒體的災難性新聞是具有正面的社會價值的。

電視傳媒的失語，一方面使得民眾對電視台專業性感到失望，另一方面顯示政府滯後的危機處理作為，這勢必也將會減弱政府當局在人民心目中的威信。與此同時，由於電視傳媒報導沒有切入核心，事故的發生也很難引起相關單位或其他公益組織投入協助的社會效益，結果只會導致社會民眾對各種災難的漠不關心，這種事不關己的冷漠態度會感染整個社會，讓人民感覺到人生的無望與麻木，缺乏溫情氛圍的社會只會令民眾厭倦這種生活環境，人人抱持著自私自利的功利心態處世，此時傳媒的社會聯繫功能並沒有真正地發生作用。在空難發生當日，政府高層領導與相關單位應該透過電視向對罹難者家屬和全國民眾發表哀悼慰問之意，並親自責成救難工作的完成，這可以減低罹難者家屬和其他社會大眾的擔憂情緒。畢竟人們仍習慣「眼見為實」的感受，電視台所具有的臨場優勢在這裡並沒有得到體現。

## 缺乏危機處理的新聞機制

　　政府和媒體應各司其職並且相互合作，兩者之間應當成立一個「危機處理中心」作為應變突發事件的聯絡平台和運行機制。這樣一來，可以避免政府危機處理的應變能力的不到位以及媒體對突發事件報導的措手不及的窘境。政府可以利用「危機處理中心」直接指揮參與採訪報導的媒體，並且還可以提供電視媒體轉播畫面所需的衛星設備，中心的新聞稿件可以直接提供給各家媒體，使突發新聞更具有實時性、針對性和真實性。因此，政府站在新聞發布的權威者立場上，應當確保新聞發布的實時性和準確性；同時對於媒體報導的錯誤可以立即指出與糾正，而不是限制媒體報導或是對錯誤新聞進行懲罰；此外公平對待在傳播環境中的各種媒體，適度開放地方媒體與中央媒體的競爭條件。相對地，媒體在報導上也要全面與平衡，照顧到各種信息的需求者，對災難事件進行全方位的報導與分析，充分發揮媒體公共領域的功能，唯有如此，媒體的新聞報導才具有社會價值。

　　（本文於 2004 年 11 月 29 日刊登於《大公報》評論版）

# 三十一　暢通政令避免責任推諉

　　2005 年 11 月期間，黑龍江省突然間經歷了兩個事故災難，一個是來自鄰居吉林石化爆炸之後帶來的苯污染，另一個是在七台河市發生礦難。這兩個危機最突出的問題在於，當吉林石化發生大爆炸後，洩漏的苯化合物流入了松花江，對此一重大事故，竟然黑龍江沿河的居民一無所知，直到重工業城市哈爾濱面臨停水四天的窘境時，黑龍江省政府才向外公布停水的真正原因。另外，發生在七台河市東風國有煤礦的礦難，儘管死亡人數眾多，但具體下井採煤的人數和死亡人數，很長時間都還不確認。在礦難出現時，我們往往強調政府的整體危機處理的透明化問題。為此，2003 年 SARS 事件之後，部分學者就大聲疾呼政府建立新聞發言人制度。隨著政府新聞發言人制度的建立，在危機和災難時都會出現新聞發言人的身影，但當受眾越加清晰看到新聞的本質時，就越加感到恐懼，因為無論是發生在身邊的還是發生在遙遠地方的災難，都變得異常的清晰，而發生災難地方的體制讓每個人都會感到所有人與自己所處的環境是如此相似。

## 建立跨部門協調機制

　　中國地方政府在執行政策方面更多的是善於採用人治，這種管理方式在執行來自上級的政策時還是比較有效的，但在危機處理方面就會暴露管理過於僵硬的問題。在危

機處理過程當中，更多的人以不做為和靜觀其變來處理出現的危機，在外界看來這更像是麻木不仁、反應遲緩。很多學者認為高層的直接參與和領導是有效解決危機的關鍵，因為危機處理工作通常是跨部門、跨地域的，不僅會對許多正常的政務流程和政策進行改動，還要及時進行信息與資源的調撥分配。這種跨部門的工作是任何一個部門人員都無法勝任的，而必須由能夠支配協調各個部門的領導出面才能夠「擺平」。但隨著中國經濟的全面發展，這樣的處理方式的直接效果，就是看到我們的總理幾乎天天都在處理出現的危機，地方官員在危機的初始階段都在維護自身的利益和保住烏紗帽，地方政府的管理職能在危機面前消失了。

## 發言人不是化妝師

危機，《韋氏大字典》詮釋為：一件事的轉機與惡化的分水嶺，又可闡釋為生死存亡的關鍵和關鍵的剎那，可能好轉，也可能惡化。由此可知，危機是在一段不穩定的時間，與不安定的狀況下，急迫需要做出決定性而有效的措施，所以危機處理往往存在於一念之間。達爾文說：適者生存，不適者滅亡。從危機處理的角度思考，「適者」是指能夠面對危機，解決危機，最後能夠繼續生存下來的主體，不適者正是那些無法適應危機挑戰而被淘汰的主體。危機有其自身的殘酷性，但政府的存在正是降低這樣的殘酷性。

危機管理的上策是順應時勢，主動求變；中策是逐步改造，緩慢應變；下策是一意孤行，抗拒變局。危機處理本質

上非常複雜，處理危機時通常宜針對危機體的各項條件因素，靈活交互運用迴避、預防與抑減、中和、保留與承擔、分散、轉嫁等六種策略。

　　此時，建立整體的信息系統成為預警機制的重要工具，能幫助在苗頭出現早期及時識別和發現危機，並快速果斷地進行處理，從而防患於未然。在危機處理時，信息系統有助於有效診斷危機原因，及時匯總和傳達相關信息，並有助於各部門統一口徑，協調作業。這種信息系統有時必需是跨部門的，比如，新聞發言人，它應該是國家的、政府的，而不能讓新聞發言人成為地方政府的化妝師。

## 地方欠缺媒體監督

　　一旦災難爆發時，是否新聞人都變成烏鴉嘴了呢？新聞人面對越來越多的災難都普遍感到無奈，新聞報導陷入簡單的人道主義關懷，對於死者表示同情。筆者回國四年了，看到新聞記者的無奈是可以理解的，但卻是無用的，因為問題出現在地方，我們的好記者只願意呆在首都，享受高速信息的感覺，但問題和災難都出現在邊遠地區，記者對於地方體制的監督是非常空缺的。現在國內建立新聞學和傳播學的院系有690多個，但幾乎所有知名的院校畢業生都只願意留在都市，這造成真正的新聞人才幾乎都留在北京、上海和廣州等城市，這樣整體上新聞的監督和促進地方體制變革的可能性變得微乎其微。現存的危機處理的框架是非常清晰固定的，那就是北京非常希望在質量大檢查

當中把事故降低到最低，但在地方始終把自身的經濟利益做為頭等大事。

## 掌握信息傳播尺度

美國「9‧11」事件發生後，當時的紐約市長朱力安尼得知第一架飛機撞上世貿，便命令他那台 SUV 車轉向消防局前沿指揮所，跟局長談完話後，他進入世貿大樓內的警察前沿站，不到 15 分鐘，隨員看到掉落的水泥塊，警覺到大樓要塌了，全賴世貿員工找到一條通往其他大樓的通道，才勉強逃過一劫。在全國媒體四處搜尋可以講幾句話的政治人物時，朱力安尼適時第一個講出「Terrible！So Terrible！」，在所有狀況不明時，僅知一定是人為恐怖攻擊的狀況下，他向媒體說，「沒有任何言詞可以描述此刻我心中的憤怒」，同時說出一個漂亮的標題：「這是第二次珍珠港事變！」這句話成為 24 小時之內所有媒體報導 911 事件的主標。

在這裡我們看到朱力安尼的兩個危機處理特點，首先是他在記者面前展現了自己已經全面掌握信息的信心，並且他對於現場的狀況進行了必要的語言封鎖，這種封鎖是使用潛台詞和含混的詞語。朱力安尼並沒有指出紐約面臨何種性質的攻擊，只是對於現狀進行了描述。在危機處理中，封鎖消息必然是危機處理的標準程序之一，但外界或員工還是想要知道確實的狀況。因此，危機處理者必須一方面盡速掌握全盤狀況，另方面搶先發布權威性信息，只要自己仍是最權威的消息來源，通常也就表示狀況仍在自己的掌握之中。

　　現在國內出現的危機問題，主要是政府高層的政令和地方政府的執行不能相互通暢。另外，地方政府在整體管理的過程當中，應當著重在信息預防體制的建立，部門間必需把可以預見的危機進行必要的安排，如果煤礦的礦難是每個煤礦區一定會遇到的問題，就要把發生礦難的每一層負責人確定下來，這樣在發生礦難後就會避免相互推諉的現象。

　　（本文於 2005 年 12 月 12 日刊登於《大公報》評論版）

國家圖書館出版品預行編目

反恐年代中的國際新聞與危機傳播 /
胡逢瑛, 吳非著. - - 一版
臺北市：秀威資訊科技， 2006 [民 95]
面 ； 公分. -- 參考書目：面
ISBN 978-986-7080-14-1（平裝）

1. 採訪(新聞)
2. 傳播
3. 危機管理

895.35　　　　　　　　　　　　95001476

 社會科學類　AF0039

# 反恐年代中的國際新聞與危機傳播

作　　者 / 胡逢瑛
發 行 人 / 宋政坤
執行編輯 / 李坤城
圖文排版 / 郭雅雯
封面設計 / 羅季芬
數位轉譯 / 徐真玉　沈裕閔
圖書銷售 / 林怡君
網路服務 / 徐國晉
出版印製 / 秀威資訊科技股份有限公司
　　　　　台北市內湖區瑞光路 583 巷 25 號 1 樓
　　　　　電話：02-2657-9211　　　傳真：02-2657-9106
　　　　　E-mail：service@showwe.com.tw
經 銷 商 / 紅螞蟻圖書有限公司
　　　　　台北市內湖區舊宗路二段 121 巷 28、32 號 4 樓
　　　　　電話：02-2795-3656　　　傳真：02-2795-4100
　　　　　http://www.e-redant.com

2006 年 7 月 BOD 再刷
定價：300 元

# 讀 者 回 函 卡

感謝您購買本書，為提升服務品質，煩請填寫以下問卷，收到您的寶貴意見後，我們會仔細收藏記錄並回贈紀念品，謝謝！

1. 您購買的書名：＿＿＿＿＿＿＿＿＿＿＿＿＿＿＿＿

2. 您從何得知本書的消息？

　　□網路書店　□部落格　□資料庫搜尋　□書訊　□電子報　□書店

　　□平面媒體　□ 朋友推薦　□網站推薦 □其他＿＿＿＿＿

3. 您對本書的評價：(請填代號　1.非常滿意 2.滿意 3.尚可 4.再改進)

　　封面設計＿＿　版面編排＿＿　內容＿＿　文/譯筆＿＿　價格＿＿

4. 讀完書後您覺得：

　　□很有收獲　□有收獲　□收獲不多　□沒收獲

5. 您會推薦本書給朋友嗎？

　　□會　□不會，為什麼？＿＿＿＿＿＿＿＿＿＿＿＿＿＿＿

6. 其他寶貴的意見：＿＿＿＿＿＿＿＿＿＿＿＿＿＿＿＿＿

＿＿＿＿＿＿＿＿＿＿＿＿＿＿＿＿＿＿＿＿＿＿＿＿＿＿＿

＿＿＿＿＿＿＿＿＿＿＿＿＿＿＿＿＿＿＿＿＿＿＿＿＿＿＿

＿＿＿＿＿＿＿＿＿＿＿＿＿＿＿＿＿＿＿＿＿＿＿＿＿＿＿

## 讀者基本資料

姓名：＿＿＿＿＿＿＿＿＿　年齡：＿＿＿　性別：□女 □男

聯絡電話：＿＿＿＿＿＿＿＿　E-mail：＿＿＿＿＿＿＿＿＿

地址：＿＿＿＿＿＿＿＿＿＿＿＿＿＿＿＿＿＿＿＿＿＿＿＿

學歷：□高中(含)以下　　□高中　　□專科學校　　□大學

　　　□研究所(含)以上 □其他＿＿＿＿＿＿＿

職業：□製造業 □金融業 □資訊業 □軍警 □傳播業 □自由業

　　　□服務業 □公務員 □教職　□學生 □其他＿＿＿＿＿

To：114

台北市內湖區瑞光路 583 巷 25 號 1 樓

秀威資訊科技股份有限公司　　　收

寄件人姓名：

寄件人地址：□□□

---

(請沿線對摺寄回,謝謝!)

## 秀威與 BOD

BOD（Books On Demand）是數位出版的大趨勢，秀威資訊率先運用 POD 數位印刷設備來生產書籍，並提供作者全程數位出版服務，致使書籍產銷零庫存，知識傳承不絕版，目前已開闢以下書系：

一、BOD 學術著作—專業論述的閱讀延伸
二、BOD 個人著作—分享生命的心路歷程
三、BOD 旅遊著作—個人深度旅遊文學創作
四、BOD 大陸學者—大陸專業學者學術出版
五、POD 獨家經銷—數位產製的代發行書籍

BOD 秀威網路書店：www.showwe.com.tw
政府出版品網路書店：www.govbooks.com.tw

永不絕版的故事·自己寫·永不休止的音符·自己唱